樂讀456 056

魔術專賣店 4

消失的魔術師

作者 凱特・依根
& 魔術師麥克・連
插圖 艾瑞克・懷特
譯者 謝靜雯

目錄

人物介紹

麥克·威斯

剛升上四年級，爸爸媽媽都在大學教書。最喜歡的遊戲是猜謎。考試時，有時會忍不住在教室中走來走去；或是上課常常會分心。與坎菲德老師有個祕密暗號，當麥克「不在軌道上」，或是不小心的犯錯時，就得離開教室，去找校長史考特小姐，因而成為校長室的常客。

諾拉·芬恩

麥克的新鄰居，也是新轉學過來的四年級學生。她是個天才女孩，學業、運動表現都一級棒，無時無刻都可以看到她拿著書閱讀。她最喜歡的遊戲是拼字遊戲，最喜歡的運動是足球。

傑克森·賈克柏

麥克的死對頭。身高160公分，比同年級的同學還高。是足球隊中的風雲人物，不管是友誼賽，或是練習時，總是追求勝利。

喬·哲林

曾經是魔術師，目前經營白兔商店，販售各種古董，也販賣魔術道具。有時會在白兔商店舉辦魔術大師講座，因此白兔商店成為業餘魔術師同好的聚會場所。

獻給我神奇的朋友，玻斯家的孩子們。

——凱特·依根

獻給六歲的我，他愛極了魔術，不斷精進，從來不曾停止相信！

——麥克·連

第一章

閱讀夥伴

麥克．威斯的眼睛一直盯著教室時鐘：一點五十八分，他覺得分針大概一小時才往前跳動一格，到底什麼時候才會到兩點啊？可能有些人會說：「就剩兩分鐘啊」，但對麥克來說，卻像是「永遠」那麼久。

坎菲德老師的學生聚成一圈，她正在解說不同種類的岩石。同學們在教室裡傳著岩石，其中有一顆岩石表面上有層次，就像是條紋；另一顆岩石表面嵌著貝殼，還有一顆發亮的黑石。

「誰能告訴我，沉積岩是怎麼形成的？」坎菲德老師問全班。

麥克想著，誰能提醒我沉積岩是什麼？或者告訴我，為什麼我應該知道這件事呢？

他的視線回到時鐘上，一點五十九分了。

對岩石的討論終究會結束，接著全班會下樓去跟一年級的閱讀夥伴見面，向一群小鬼頭朗讀繪本故事……那才是麥克會

有興趣的活動。而且從現在開始，每星期會舉行一次這個活動。

「麥克？」坎菲德老師說。

他眨眨眼。「是？」

「你還在軌道上嗎？」

他坐直身體，彷彿自己一直很專心。

坎菲德老師提示他。「沉積岩來自……」

麥克清清喉嚨。全班都在看。

坐他隔壁的艾蜜莉·溫斯頓的手像火箭一樣，突然往上舉，雖然麥克不知道答案，可是艾蜜莉曉得，而且她等不及要說出口了。

接著時鐘傳來喀答聲。分針往前跳一格！

坎菲德老師站起來，臉上並綻放笑容，「我們明天再回頭來談。」她告訴全班。「兩點鐘，該走了！我們的閱讀夥伴在等了。」

運氣真好，麥克想，來的正是時候！

所有的孩子們一陣忙亂，把檔案夾、筆記本、便當盒和布鞋塞進背包，這樣放學的時候就可以直接回家。孩子們在教室門口排隊下樓。雖然做起來不容易，但在走廊上講話的時候，麥克成功壓低了嗓門。那是校規，而他不想冒險違規。

這陣子以來，麥克很努力不要在學校惹上麻煩，如果他再到史考特校長辦公室去，校長就會打電話給麥克的爸媽；如果校長打電話給他爸媽，他就會失去一項重要的「特權」——單獨騎腳踏車進市區，到全世界最棒的魔術專賣店白兔去。

四年級生魚貫走進卡瓦諾太太的教室，站成一排。一年級生安靜得跟小老鼠似的，坐在小椅子上觀察他們。他會跟誰配對呢？麥克好奇著：是那個穿獨角獸T恤的女生？還是那個戴眼鏡的男生？

教室裡十分明亮，牆上貼滿了孩子們的勞作，麥克在後

面的桌子上看到一大袋蝴蝶脆餅，還有兩瓶蘋果汁。有點心耶！麥克想。看來今天下午更棒了。他緊抓著他帶來要唸給閱讀夥伴聽的書。有時候，比起同齡的孩子，他更喜歡小小孩，他們就像表弟妹傑克跟莉莉。

「歡迎，四年級生！」卡瓦諾太太說，「準備要開始了嗎？」她傳來一個硬紙盒，麥克的同學從盒子裡各抽了

個名字紙條。

輪到麥克的時候，他把手伸進去，然後大聲讀出紙條上的名字。「盧卡斯？」他問，掃視眼前的面孔。一個頭髮又長又亂的男生舉起手。「就是我！」他喊道，然後跟麥克一起走到點心桌。

麥克負責倒果汁，然後攤開「認識彼此」的學習單——這應該是為了讓一年級生能跟他們自在相處而設計的活動。「你有沒有養寵物？」麥克問，「寵物叫什麼名字？」

盧卡斯只是張著嘴坐在原地，他缺了兩顆門牙。

他會說話嗎？麥克想，也許缺牙講話很吃力。

他能吃蝴蝶脆餅嗎？麥克不確定該怎麼辦，需要要替他把點心掰成小塊嗎？

「也許我們應該開始讀書了。」麥克說。他帶來的書叫《魔術帽》，他很確定一年級生會喜歡。麥克給盧卡斯看看封面。

「我就知道！」盧卡斯說，就要從椅子上彈起來，「你就是那個魔術師！」

「我是喜歡魔術沒錯……」麥克承認。

「我在操場上看過你！」盧卡斯說，「那時候我在等回家的校車！」

麥克明白，盧卡斯一定是看到大逃脫表演了，麥克當時用那個幻術耍了傑克森．賈克柏——學校最惡劣的小孩！

盧卡斯好興奮。「我在學生餐廳也看過你表演！」他堅持往下說：「你很有名！」

麥克頓時覺得自己「長高不少」。有名？他喜歡這個字眼聽起來的感覺。只可惜他沒料到接下來的狀況。

「你可以變個魔術給我看嗎？」盧卡斯問。

麥克環顧教室，大家都抽完了夥伴，所有的孩子都分成了雙人組。卡瓦諾太太跟坎菲德老師在教室裡穿梭著，確定「認識彼此」的活動進行得很順利。

我應該讓盧卡斯覺得自在，麥克想，而且又沒有人說我不能變魔術。

100%
純蘋
100%
純蘋果汁

麥克很努力要把事情都做對！不過，一講到魔術的時候，麥克就是忍不住。

一如往常，他口袋裡放著一副紙牌。他把紙牌抽出來，在眼前像扇子一樣舉著四張J。「看到這些J了嗎？」他對盧卡斯說，「我要把它們放在這副牌的最上面。」

「好。」盧卡斯說，一直目不轉睛的看著。

麥克把四張J放在那副牌頂端，再把第一張拿起來。「現在，我要把這張J放進這副牌裡面的某個地方。」他說著，便隨意把這張紙牌塞進去，然後繼續說：「其他三張J我也會這樣處理。」

接下來，他把紙牌遞給盧卡斯。「可不可以幫我拿一下？」當盧卡斯拿到紙牌時，麥克說，「現在請你把最上面的四張牌拿下來給我，可以嗎？」

盧卡斯連續拿到四張J，他驚訝得下巴都掉了。

「看吧，」麥克說，把那些紙牌從他手中拿起來，一如既往，希望自己有個適合的魔咒，「四張J跳到最頂端了！」

「太神了。」盧卡斯敬畏的說。

麥克望向坎菲德老師。她正在跟奧斯卡講話，朝他的方向走去，麥克把紙牌收回口袋。

3.

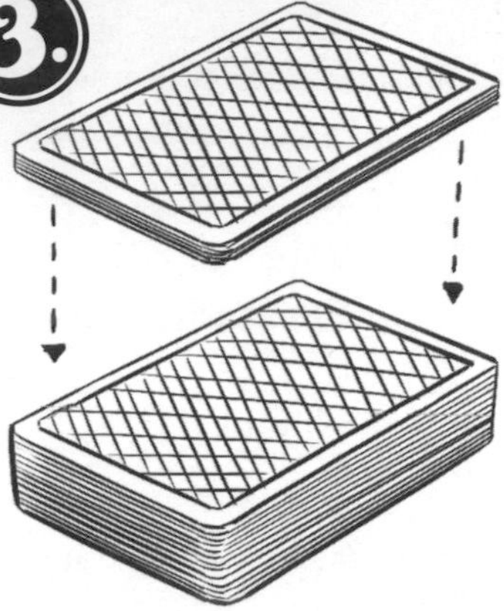

接下來，你把那八張紙牌（觀眾以為只有四張），牌面朝下放在紙牌的最上面。

4.

把頂端那張牌移開（你知道那是隨機的一張牌），然後告訴觀眾說：「我會把這張 J 隨便插進紙牌裡」。接下來的三張紙牌都這樣做。小心別讓觀眾看到這些紙牌的牌面！

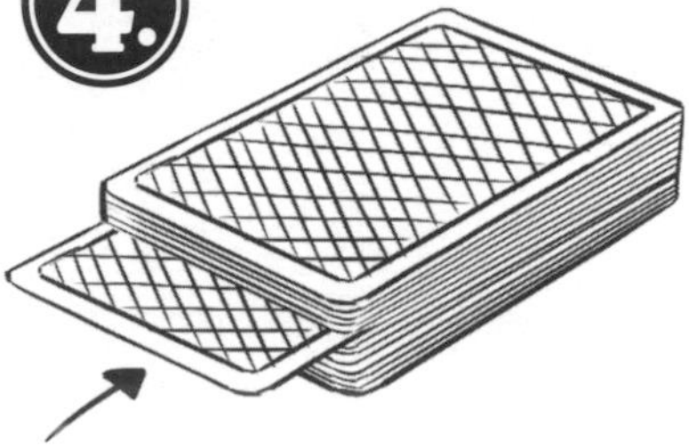

5

誇張的對著整副紙牌揮揮手，並說：「我要把 4 張 J 彈到最上面了。」再把頭四張紙牌翻出來，讓大家看到那四張 J 已經「彈」到這副牌的最上面！讓觀眾看看整副牌，確定你一開始就只有四張 J。

彈跳的紙牌 J 魔術

1.

先從一副紙牌裡抽出四張 J，然後像扇子一樣，將四張牌展開給觀眾看。

你的觀眾不知道你在這個扇子後面藏了四張隨機的紙牌。用你的拇指，從背面壓住這四張隨機紙牌，一面用其他的手指壓住前側可見的紙牌。

2.

然後，用雙手把這四張 J 併放在一起，讓那些隨機的紙牌藏在它們後方。

「我想我們現在應該開始閱讀了。」他對盧卡斯說。

這本書講的是個巫師，而不是魔術師的故事。巫師有頂帽子可以把自己變隱形，也讓他能夠飛行，更可以把東西變出來跟變不見。可是，直到另一個巫師想偷走它，這個巫師才知道，這頂帽子可以劈出熱烈的閃電！

當麥克講到巫師們碰面的片段，盧卡斯下巴再次掉了下來，他抓緊桌子，直到魔術帽幫忙扭轉局勢。故事讀完的時候，盧卡斯忍不住說：「再說一次！」

不過，該輪到盧卡斯讀自己的書了。「太陽，」盧卡斯慢慢的說，「雨。」他的書每一頁上面只有一個字，可是麥克不介意。他想起自己以前上一年級的時候，也不擅長閱讀。

時間到了，盧卡斯不想說再見。「盧卡斯，下星期見。」麥克說，輕輕搥他的肩膀。盧卡斯笑開了臉，麥克頓時覺得自己真的滿有名氣的。

坎菲德老師的班級成群結隊走上樓時，學校正在宣布放學之前的注意事項。麥克跟平常一樣，不怎麼專心聽。如果有什麼重要的事情，爸媽會告訴他的。

「現在來點好消息，可以照亮陰暗的冬天！」學校祕書瓦倫太太爽朗的說。

大人為什麼老愛提如何讓冬天變得更好？麥克就是想不通。他跟他朋友都好愛冬天！但是大人們卻不常帶他們到戶外玩雪。

瓦倫太太繼續說下去。「星期一，我們會開始進行有史以來的第一次才藝表演會彩排！」

才藝表演會？聽到這個，麥克就像被電擊一樣，麥克很用心聽。

瓦倫太太繼續說：「星期一下午放學後，想參加的人，請帶著道具到體育館來，記得事先練習。這不是試鏡，而是徵求節目表演。我們會利用下個星期的放學後的時間彩排，下週五晚上就是正式演出！」接著她繼續宣布關於失物招領的事情。

學校舉辦的活動，麥克不見得都有興趣。好吧，也沒人要求他

加入什麼社團就是了，可是其實他有個可以拿到舞臺上表演的那種才藝！如果他是棋藝社的孩子就不能這麼說了，對吧？

有些人，已經看過麥克的魔術，可是麥克的能力遠遠不只如此！不用在上學時間偷空來變魔術？整個舞臺都屬於他的？那他真的會一炮而紅！就像他的遠房親戚哈利·胡迪尼一樣！

麥克的週末突然變得很有目標，他會挑出最棒的魔法，跟諾拉一起練習，準備自己的演出。

現在該打起精神了！

第二章

驚喜

麥克在操場上平日碰面的老地方等諾拉。不過，諾拉在哪裡啊？是把老師當姊妹淘在閒聊嗎？還是在向老師要額外的家庭作業？諾拉有時會做一些麥克永遠無法理解的事情。

已經開始下雪了，所以麥克拉起外套拉鍊，戴上帽子。他伸出舌頭去接雪花，每一片雪花都變成一口迷你的水滴。

有些孩子正在排隊等巴士，可是其他人（就像麥克）先在操場上逗留一陣子，之後才要走路回家。

籃球場中間結了一層冰，孩子們穿著靴子在上頭溜來溜去。旁邊還有一個巨大的雪堆，那是每次大風雪過後，剷雪機堆出來的，現在堆得有兩層樓高！其他的孩子正忙著在上頭打雪仗，可是麥克放眼過去，就是不見諾拉的身影。

麥克必須跟她談談才藝表演的事才行！如果他沒大聲說出來，他會爆炸的！諾拉會不會在樹林邊玩耍？他知道有人在後面建造了一座碉堡。

他往那裡走去時，有個人從頭到腳都包在雪地裝備裡，他的口中呼出一團熱氣，大喊：「麥克！過來看看這個溜滑梯！」

麥克根本不知道那個穿著羽絨衣跟雪褲的人是誰，他幾乎看不出對方是男是女，但他十分確定那個人不是諾拉。現在正好是在等諾拉的空檔，該怎麼辦呢？他好奇的跟在那個神祕的孩子後面走。

原來他是麥克的新朋友亞當。溜滑梯表面結了厚厚一層冰，亞當溜下去的時候，速度比平常快了三倍，帽子也因此飛了下來。當他重重落在溜滑梯底下時，放聲大笑，他對麥克說：「你一定要試試看！」

也好，麥克想。

這比雲霄飛車速度還快！因此男生們漸漸聚攏過來，排隊輪流上場，一面討論溜滑梯技巧。「像這樣比較好！」麥克的朋友查理說，滑梯的時候縮起雙腿。「或者像這樣！」也有人嚷嚷，「頭下腳

上」，不過連麥克都看得出來那樣並不安全。雖然他真的很想試試看……可是，他萬一在才藝表演前受傷怎麼辦？

麥克站在階梯最上面，正要躺上滑梯，他注意到操場另一邊有人穿著紫色外套——是諾拉，她跟一群女生在玩堆雪人。

終於找到諾拉了！

麥克手臂往前伸，快速滑下去。「晚點見。」他對亞當說。

諾拉沿著雪人的身體正面塞石頭，就像是鈕釦。蔻蔻（諾拉的同班同學）解下自己的圍巾，繞在雪人的脖子上。

「現在它只需要鼻子了！」諾拉說。她看到麥克，揮了揮手。

「看起來很棒耶，」麥克說，他等不及要離開這裡！「準備要走了嗎？」

她說：「快好了，我只需要找到一根紅蘿蔔。」

「紅蘿蔔？」麥克重複說。她是認真的嗎？

「要當成雪人的鼻子啊，用某個人中餐吃剩的，」諾拉解釋，「不然就從學生餐廳拿。」

平時麥克可能會喜歡這樣的尋寶遊戲，可是今天不一樣！把紅蘿蔔留在便當盒裡？哪有可能啊。如果誰的午餐便當裡有紅蘿蔔，肯定老早就扔進垃圾桶了。

「我要跟你說件事！」他急切的說。

諾拉看著他。「不能在這裡說嗎？」

「不行！」麥克說。他四下張望，確定沒人在看。「這件事跟魔術有關，ＯＫ？」他們得好好計畫跟練習，而且要私底下悄悄進行！這件事比雪人的鼻子重要多了！

「我還沒準備要離開，」諾拉堅定的說，「我可以晚點再去你家找你。」

麥克不能丟下諾拉，要不然怎麼向爸爸媽媽交代？要是沒有課後活動，他們兩個人就必須待在一起。

「不了，我留下來。」他皺著眉頭說，將手指用力伸進口袋，等諾拉跟蔻蔻——加上艾莉跟安娜——替他們的雪人做最後的妝點。他們最後不是用紅蘿蔔，而是用橘色麥克筆當雪人的鼻子。

好吧，這個雪人確實滿不錯的，麥克不得不承認。可是真的有必要花這麼多時間做嗎？搞不好星期一就融化了。

離開操場的時候，麥克跟諾拉渾身又冷又濕。沒多久，天色就暗了。

「急什麼啊？什麼事情這麼重要？」他們快步越過街道時，諾拉說。

「才藝表演的事，你聽說了嗎？」麥克劈頭就說，「我們可以表演魔術！我已經在想戲法了。我們可以表演『戳氣球』跟『掉硬幣』，還有其他幾項戲法。第一次練習就排在星期一放學後。」他講話的速度快到上氣不接下氣。

麥克只聽得到諾拉的靴子嘎吱嘎吱踩著雪地。

她太安靜了。

有時候，諾拉一家週末會出遊，去滑雪或到波士頓逛博物館。

「你週末會在家嗎？」他緊張的問。

諾拉的靴子繼續踩得嘎吱響，「我想會吧。」她說。她走在他前面一點，並未面對他的目光。「只是……如果我不想參加才藝表演呢？」

她是在講外國話嗎？「你為什麼不想參加才藝表演？」麥克問。

可是他已經知道答案了。全都是他的錯！都是因為他剛剛催她離開操場，讓她現在不高興了。

「對不起啦！」麥克說，試著追上她的腳步，「我剛剛太興奮，等不及要告訴你嘛！」

「不是啦，不是那個原因，」諾拉說，盯著人行道，「我只是不喜歡上臺，那跟在操場上表演魔術很不一樣，你知道嗎？晚上在體育館裡，大家的爸媽都在場……光是用想的，我就覺得怯場。」

麥克下巴一掉，就像盧卡斯那樣。

她剛剛真的說了那些話嗎？

「沒什麼好怕的啦，」他心急的說，「這是我們的好機會！我們會成為注意力的焦點，而且很積極正面。我們可以讓整個學校覺得驚豔！」

他想像站在體育館的舞臺上。他以前到那邊參加過學校的音樂會。音樂老師總是用嘴型說著同樣的字眼，指著自己的眼睛：「看著我，麥克，要專心！」

不過，在才藝表演會上，他可以按照自己的方式做事。麥克通常不怎麼有自信，可是他對這件事充滿信心的。他知道自己辦得到。那會是整場才藝表演會上最精彩的演出，他想。而且，他真的需要諾拉幫忙！

「你一定要參加才藝表演啦，」他氣急敗壞的說，「因為我們是搭檔耶！」

諾拉終於轉身看著他。「搭檔會一起做決定，」她說，「而我不

想參加。」

接下來步行回家的時間，兩人陷入沉默。接著諾拉走上階梯，進了他家，若無其事似的打開門。

麥克的爸爸照例對她微笑。他的爸媽很喜歡諾拉，威斯先生泡了熱可可，問他們這天在學校的情形。「我認識了新的閱讀夥伴。」諾拉彬彬有禮的說。她沒看麥克，也沒提才藝表演，接著，她問麥克的爸爸正在煮什麼當晚餐。「聞起來很美味。」她說。轉眼間，麥克的爸爸就分享起漢堡肉的祕密配方了。

要讓學校的孩子覺得佩服——諾拉並不在乎這種事，麥克想，反正她天天都讓人印象深刻，連她堆的雪人都很完美。她做的一切都很神奇。

不過，對麥克來說就不同了。他只有一項才藝，而且只有一個機會可以對群眾展現。

諾拉難道不明白嗎？

也許，她並沒有他想的那麼聰明。

她阻止不了我的，麥克突然想。她阻止不了

我！

他原本認為諾拉是完美的搭檔，值得信賴、聰明又風趣。

可是不是只能找她當搭檔吧？麥克想。

如果不找諾拉，就得找其他人。

第三章

遊戲玩伴

每個六早晨，麥克都暗自高興爸媽當初逼他放棄足球。因為他就不必一大早去練習，也不用冒雨參加比賽。麥克現在建立了一個很棒的「週六生活模式」——爸媽去健身房或在忙工作時，他會穿著睡衣晃來晃去，再吃一碗玉米穀片，多看半小時的卡通，然後剩下的時間都用來練習魔術。

可是今天不一樣，麥克在爸媽還沒醒來以前，就在翻學校的通訊錄。媽媽下樓開始煮咖啡時，他正在廚房桌邊等著。「我可以邀一個朋友過來家裡嗎？」他問。

威斯太太揉揉眼睛。「可以啊，」她說，「但不會太早了嗎？」

麥克等到九點整，才拿起電話，撥打亞當的號碼。結果發現亞當整天都有空。

這樣麥克有一整天時間，可以問亞當願不願意參加才藝表演會。

第一次約朋友到家裡來總是很怪，麥克想。兩人還沒有習慣一起做的活動，像是打電玩或是投籃。麥克只好有點尷尬的帶著亞當參觀家裡。

這讓麥克有機會透過亞當來觀察自己的一切——他發現自己的房間簡直是一場災難！地上放了一堆堆的衣物，也許他應該丟掉一些學校的舊考卷。

不過，亞當似乎不在意這些。他欣賞著紅襪球隊三角旗，那是爸爸在芬威球場買給麥克的。亞當從五斗櫃上把麥克的樂高太空站拿起來，然後說：「這好酷喔！」當麥克打開衣櫃時，亞當瞪大雙眼。「哇！」他說，「裡面好像魔術店！」

但麥克的衣櫃井井有條，媽媽替他買了幾個塑膠桶，爸爸幫他裝了一些橫支架，都是為了讓他整理魔術用品。沒人可以從一團亂中變魔術！麥克的魔術所需要的大多是一般用品，像是杯子、瓶子、紙牌、筆，而那些東西各有所屬的位置。麥克的衣櫃甚至比諾拉的還整齊！

「學校裡的人都不會相信，對吧？」麥克說。

亞當笑了出來。「絕對不相信。」

「可以給你看個東西嗎？」麥克問他。

「跟魔術有關嗎？」亞當說，語氣充滿希望，麥克暗想。這點也讓麥克覺得希望滿滿，覺得等自己最後終於開口問亞當時……亞當會答應。

那麼他為什麼要拖拖拉拉呢？

嗯，麥克擔心萬一亞當拒絕呢？

麥克走進衣櫃，打開一袋氣球，拿出一個紅色的氣球，把氣球

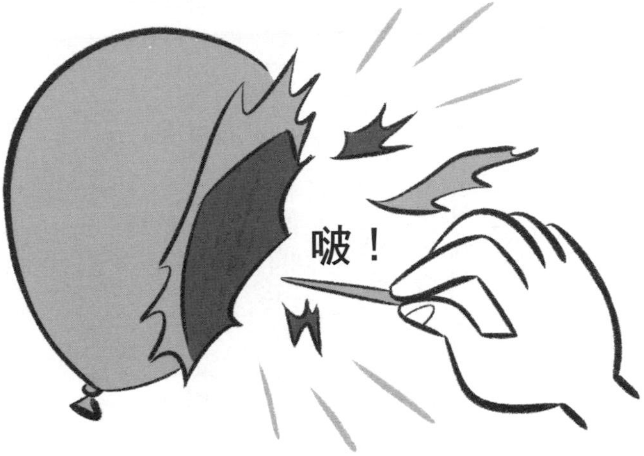

拉鬆之後吹滿氣，他讓亞當可以看清楚整顆氣球。「這是顆普通的氣球，」麥克告訴亞當，「就像生日派對上用的那種。」

亞當打量一下，並說：「嗯。」

接著麥克從桌上插鉛筆的杯子裡，拿出一根長針。「看著喔。」麥克告訴亞當，然後他誇張的在空中揮了揮長針，最後刺穿氣球，可是氣球竟然沒爆開。

「怪了。」麥克說，「我不知道是怎麼回事。」他又再試一次。

他看著亞當說：「你要不要試試看？」

亞當躍躍欲試。「當然。」他說。他從麥克那裡接過長針，用力扎進氣球裡。氣球馬上爆開，炸成好幾片，在房間四處飛竄。

「你們還好嗎？」麥克的媽媽從樓下呼喚。

「沒事。」麥克喊著。

亞當看著長針，彷彿想要弄明白。「這根長針有什麼神奇的地方？」他說，「為什麼你不會把氣球戳破？」

麥克深吸一口氣，真正的魔術師從來不解釋自己的幻術。

可是亞當已經知道麥克怎麼完成「大逃脫」了，因為之前是亞當跟諾拉一起用布幕遮住麥克，不讓傑克森看到！

如果麥克希望亞當在才藝表演的時候當助手，就必須多分享幾項「圈內的戲法」。

即使沒有其他人在聽，麥克還是壓低嗓門。「祕訣根本不是那根長針，而是氣球。」

麥克從袋子裡拿出一個藍色氣球，像之前那樣吹飽。「現在仔細看喔。」他說。他將一小段膠帶悄悄貼在氣球上，然後迅速用手遮住。「觀眾不知道有這段膠帶，」麥克說，「長針就是要插在這邊。」

3.

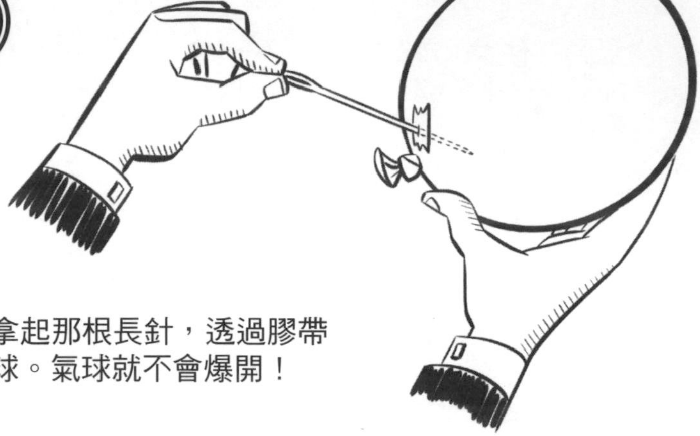

接著，拿起那根長針，透過膠帶刺進氣球。氣球就不會爆開！

4.

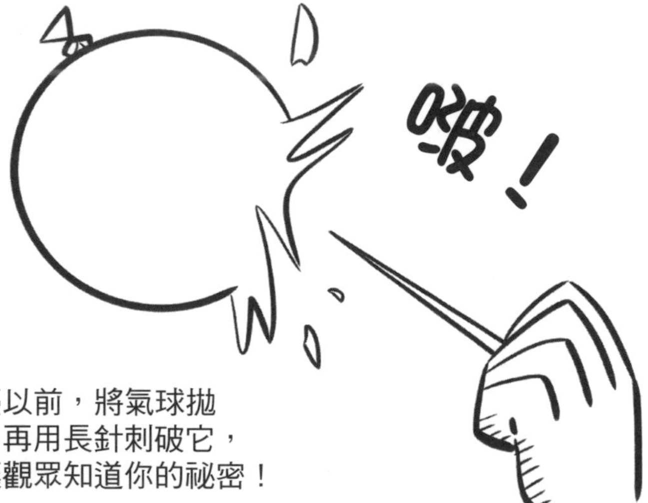

離開舞臺以前，將氣球拋進空中，再用長針刺破它，以免得讓觀眾知道你的祕密！

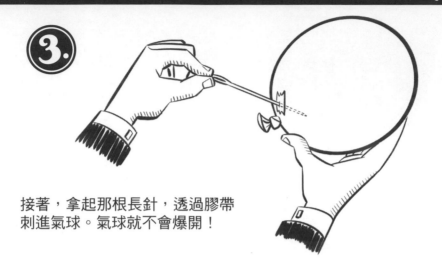

刺不泡的氣球魔術

1. 開始表演以前，要先把氣球吹脹，在底部打結，然後在氣球上貼一小塊透明膠帶。將氣球拿給觀眾看的時候，千萬別讓他們看到貼了膠帶的部分。

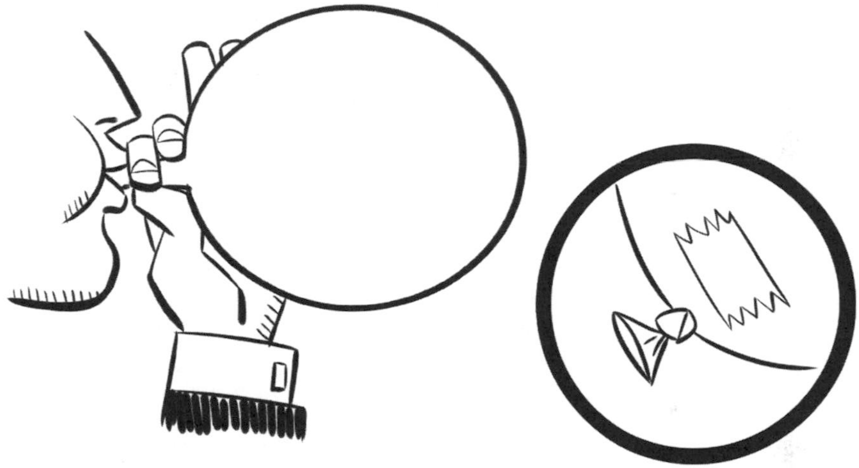

2. 一手拿著氣球，另一手拿起一根長針，在空中緩慢來回揮動長針，挑起觀眾的好奇心，讓他們想知道接下來會發生什麼事。

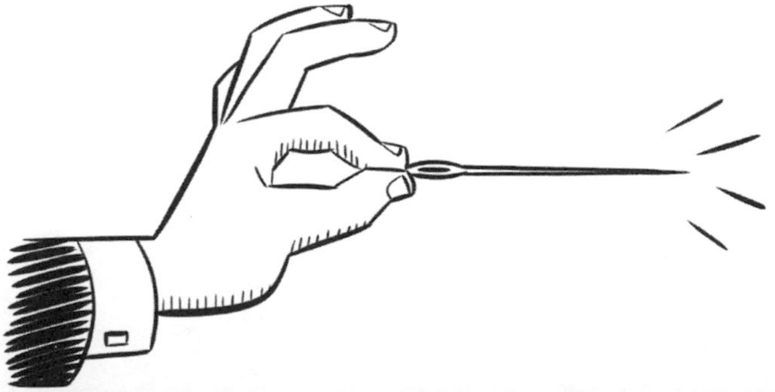

亞當盯著那段膠帶，「等等！你剛剛怎麼把膠帶弄上去的，我怎麼沒注意到？」

麥克咧嘴笑，「聊天啊，」他說，「記得我剛剛說這個氣球就像生日派對用的那種嗎？那就是要暫時轉移你的注意力。」

亞當搖搖頭。「我真不敢相信，我居然沒看到！」

麥克回頭繼續說明這個戲法。「如果你隔著膠帶把針刺進氣球，保證氣球不會爆開。可是如果由別人嘗試，就會把針扎在其他地方，氣球就會馬上爆開。」

「超酷的。」亞當說。

機不可失，麥克想。他深吸一口氣，轉變話題。「所以，你聽說學校才藝表演的事了嗎？」他問。

「嗯，」亞當說，伸手再拿一顆氣球，「我真希望我有才藝。」

「你完全沒才藝？」麥克說。怎麼會有這種好事！

「我喜歡在音樂課上吹直笛，」亞當說，「可是四年級的每個人都會；我滿擅長游泳的，可是你也知道，我又不能在體育館表演游泳。」

「我要表演魔術，」麥克說，「會滿酷的，問題是……我需要有個助手。」起初，麥克沒正眼看亞當，可是當他偷看他，一眼就讀懂朋友的表情。亞當一副中了樂透的模樣！

「真的嗎？」亞當說，「像是魔術師的助理嗎？」

「有點像，」麥克解釋，「但不是被鋸成兩截什麼的那種助手。你會幫我準備道具，把道具從舞臺上清走……」聽起來也太無聊了！「你也會學到很多魔術。」麥克承諾。

「當然好！」亞當說，「我會幫忙的！絕對可以當個好助手！」

太好了，麥克想，可是還有一件事。

魔術師都曾經發誓不說出自己的祕密。「呃……不過，不管你看到或聽到什麼，都不能跟任何人說喔。」麥克不自在的說。他不想嚇走亞當，可是這點很重要。

亞當毫不猶豫。「我知道，」他說，「你可以信任我。記得我們跟諾拉在操場上變的那個戲法嗎？」接著他又想起別的事。「嘿，那諾拉呢？她也會參加嗎？」

「她……超級忙的。」麥克告訴亞當。他不希望亞當也怯場！

麥克走到衣櫃，拿出一個桶子。「所以，想開始進行練習了嗎？」

第四章

搭檔

麥克知道兩個很棒的戲法，基本上作法相同。為了變這兩個戲法，他得用一條觀眾看不到的黑線，讓東西祕密的移動。其中一個戲法要向觀眾借戒指，另一個戲法是需要裝在瓶子裡的原子筆。

「我已經反覆練習過幾次了，不過從未在別人面前表演過，」麥克告訴亞當，「這種戲法不適合空間很小的地方表演，比方說教室。必須稍微離觀眾遠一點，像是在舞臺上，這樣才不會有人看出是怎麼運作的。我從沒上過真正的舞臺呢！」

單是說這句話，他就冒出雞皮疙瘩。

「我可以跟觀眾席的某個人借用戒指。」亞當興奮的說。

「好！」麥克說，「當你去借戒指的時候，我就會從口袋拿出原子筆。」

麥克會事先準備好原子筆，他解釋這個戲法：用線繞住筆尖，再用膠帶固定，最後用筆蓋遮住。那條線的另一端會繞在他襯衫上的一枚鈕釦上面。

麥克補充：「當你把戒指交給我的時候，我會把它套在原子筆上，接著，我會把原子筆從我身邊拿開，那枚戒指就會往上移，抗拒地心引力——觀眾會看到戒指往上升飄浮了起來。不過其實戒指

是透過那條線來移動的。」

他邊講邊演示給亞當看，接著又示範了一個類似的幻術：讓原子筆穿過塑膠空瓶「往上升」。

麥克正在變戲法給亞當看，不過他從臥房窗戶往外面看過去，有輛車停進諾拉家的車道——諾拉她正從房子蹦蹦跳跳走出來，坐上車，誰曉得她要去哪裡。但是沒有她，麥克真的能好好表演嗎？

他的視線接著落在自己的五斗櫃上。《祕密之書》就藏在裡頭，跟一大堆未成對的襪子放在一起。要是亞當可以直接讀那些指示，會比較輕鬆，麥克想，這樣他就不用描述所有魔術戲法的每個步驟，可是麥克還沒準備好跟任何人分享自己的書。

「你有黑襯衫嗎？」麥克問亞當。

「我不確定，」亞當說：「我想應該沒有。」

「這樣可能會有問題。」麥克說。他自己有真正魔術師穿的那種全黑襯衫，正面從上到下有鈕釦，胸口有袋子，那是奶奶在耶誕節送他的，他還沒穿過呢！

他從衣櫃裡拿出襯衫。「原子筆會放在這個口袋，看到了嗎？」麥克說，「襯衫深色的會讓黑線變得不明顯。」

麥克想像自己跟亞當在舞臺上搭檔會是什麼模樣。他們希望自己看起來像兩個四年級學生？還是希望看起來像真正的魔術師呢？不管如何，星期一魔術彩排的時候，他們必須要有說服力才行。

麥克說：「我想你也需要有一件黑色襯衫。」

「好啊，沒問題，」亞當開心的說，「要去哪裡買呢？」

麥克裝出一副去他最愛的地方只是小事一樁。「我想我們必須去白兔一趟！」他可以先借錢給亞當，之後亞當再還給他。

雖然現在天氣天寒地凍，不適合騎腳踏車，可是麥克的媽媽同意去買雜貨的時候，順道載他們過去。即使外頭冷颼颼，麥克打開店門的時候，心裡還是一陣暖和。

卡洛斯在櫃臺那裡，正忙著串接跟拆解一對金屬扣環。「回來你第二個家了啊？」他逗著麥克。另外幾個替哲林先生工作的青少

年——艾略特跟潔絲敏——正在替顧客扛紅色絲絨沙發。「嘿，麥克！」他們兩個大聲叫喚。

這讓亞當知道麥克屬於這裡，他是這裡的一分子。

麥克帶著亞當往店面後方走，到了標著「裡頭有祕密」的房間。亞當看到堆滿新東西的架子時，放聲說「哇！」。那裡有一根長達一百八十三公分左右的桿子，在魔術表演時可以憑空出現。還有表演時可以無止盡增生的泡棉老鼠，甚至還有只要魔術師遞給別人，就會馬上斷掉的魔杖！

「我想襯衫放在那邊。」麥克說，往角落裡瞧。他從架上取下一件，拿過來給亞當。他朋友手裡正握著魔力八球。「嘿，我們來問它一個問題！」亞當說：「要不要問……我們的才藝表演會不會很轟動？」

亞當搖了搖這顆球，轉過來看魔術球揭露的訊息：「毋庸置疑！」

「我要買這個，」亞當說，「你本來就有一個了，對吧？」

麥克點點頭，他很愛那個魔力八球，可是他自己就能做出這個成功的預測！

他把襯衫舉到亞當面前比畫，就像媽媽想看衣服合不合身那樣。「看起來可以，」麥克說，「也許你應該試穿一下？」其實他不

知道這裡有沒有更衣室。但他還是告訴亞當：「嗯，跟我來。」

麥克打開一扇門，結果發現它是衣櫃。他走到簾子後面，後頭卻是一疊箱子。「我想最適合的地方是樓下。」麥克說得彷彿自己很清楚這裡。

麥克只去過地下室一次，而且之前是跟卡洛斯一起去，他納悶那裡是不是禁止進入。他帶頭走到階梯那裡，但要是他們惹上麻煩，他要怎麼跟亞當說？

他們走到地下室的時候，亞當很詫異，反應就跟麥克第一次見到那裡時一樣。那裡裝潢成小劇場的模樣，有舒適的椅子和真正的簾幕。「想像站在這座舞臺上的感覺。」亞當壓低聲音說。

麥克早就想像過幾百萬次了。

下面這裡也沒有更衣室。不過，在麥克眼睛逐漸適應了昏暗的光線後，他看到舞臺上有個人影——是哲林先生。他穿著黑襯衫，襯衫正面繡著魔杖的圖案。他的一頭亂髮今天服服貼貼，彷彿難得動手梳過一次。

哲林先生只是站在那裡洗紙牌。他在想什麼呢？是在冥想嗎？或是為了新表演計畫著什麼？麥克永遠摸不透哲林先生。

「抱歉，」麥克說，「我不是故意要打攪你的。」

紙牌落入哲林先生手中，成為整齊的一疊牌卡。「嗨！麥克！」

他友善的打招呼。他似乎不在意他們在場。

麥克介紹亞當給哲林先生，並解釋說：「我們來店裡替他找件襯衫，我們要在學校的才藝表演會上表演魔術！」

哲林先生摘下眼鏡，看著麥克。「才藝表演會？」他興趣高昂的說。「你要把你學會的東西展現給全校看了！」哲林先生完全懂了！

麥克急著跟他說更多，「我還沒完全決定好要表演什麼，」麥克補充說明，「但絕對會表演『戳氣球』，還有『上升戒指』跟『飄浮筆』。我在想要用魔術帽變點什麼，最後加上一個精彩的結尾……嗯，我還不知道，但就是可以讓大家驚豔的東西。」

哲林先生曾經跟搭檔坎姆在世界各地表演，最後才安頓下來，經營這家店，要是他可以幫忙就好了！麥克突然想到。說不定哲林先生有很棒的構想，可以作為精彩的結尾呢？

哲林先生把注意力全部放在這兩個男生身上，藍眼睛散發光芒。他挑起眉毛，彷彿正準備說出什麼重要的事。「要不要給你們一個提示啊？」他問。

麥克屏住呼吸，「當然好。」他說。

亞當緊張的打岔：「表演會就在下星期五，」他說，「我們還得做很多練習。」

哲林先生的笑聲輕柔低沉，就像貓咪的呼嚕聲，麥克之前從沒聽過他的笑聲。

「我正要說呢！」哲林先生告訴亞當，「練習是成功的關鍵，聽起來你們兩個會組成一個不錯的團隊。」

麥克的奶奶總是說「熟能生巧」，這件事大家都知道！他原本希望哲林先生可以給個更好的提示。

「你們必須熟練到能夠自動化反應的程度，」哲林先生繼續說了下去，「相信我，沒有比在舞臺上搞不清楚狀況更糟糕的事了。」

哲林先生才不會知道失手的感覺呢，麥克想，哲林先生永遠不會搞砸！他的魔術無懈可擊。

麥克已經在思考可以去哪裡找靈感，不是從諾拉那裡，至少這次不是。不過，他肯定可以在《祕密之書》找到一些，或許也能在網路上找到。他以前就在網路上發現過不錯的表演想法……

接著哲林先生靠了過來，彷彿不想被人聽到。「至於精彩的結尾，」他說，「我教你們變『消失的魔術師』如何？」

第五章

第一次彩排

星期一早上氣氛滿尷尬的。諾拉照常過來麥克家，準備和麥克一起上學，她的身上散發著洗髮精跟牙膏的氣味，準備在新的一週有個「新鮮的開始」；麥克他背起背包，咬下最後一口土司。

「噢，等等，」他說，「我忘了一個東西。」他丟下背包，衝回房間去拿奶奶送的魔術帽。這頂帽子在很久以前原本屬於胡迪尼，麥克不應該帶去學校——要是被傑克森搶走呢？可是他一定得帶在身邊，今天才藝表演預演的時候要用。這是他最重要的道具！

上學的路途中，他試著禮貌性的和諾拉聊點天。「週末過得怎樣？」他問諾拉。

「還好。」她回答，一副不想講話的樣子。

如果有人要生氣，也該是我吧！麥克想。

麥克沒跟諾拉說他才藝表演的計畫，也沒跟她講起亞當的事。反正她很快就會知道了吧？一抵達學校，兩人就分道揚鑣。

坎菲德老師滔滔不絕，正講著岩石的事，麥克的心思飄到了自己的魔術表演。戲法的順序，他跟亞當都記對了嗎？他們今天應該表演「消失的魔術師」嗎，還是留到正式演出那天？麥克想把一些祕密留到星期五晚上，可是這麼一來，他們要怎麼練習這個戲法呢？真複雜。

「麥克，」坎菲德老師說，「能不能告訴我們，火成岩是哪裡來的？」

「火山。」麥克不經思考就回答。

「很好！」坎菲德老師面帶笑容說，「答對了。」

到了當天放學時，坎菲德老師依然記得麥克的優良表現。「麥克，今天表現得不錯喔，」大家正要離開教室的時候，她說：「才藝表演會快到了，要保持專心一定滿困難的吧。你要表演魔術嗎？

我等不及要看看了！」

「你一定會很喜歡的！」麥克拍胸脯保證，然後他衝到體育館，差點摔下樓梯。

亞當已經在那裡等著，他跟一群緊張兮兮的孩子一起坐在亮晶晶的地板上，有個幼稚園的小男孩試著表演雜耍，一群五年級女生對嘴唱著某人手機播放的歌曲，甚至有雙人組表演默劇！

啦啦隊員為什麼窩在角落裡？麥克納悶。啦啦隊表演就是他們的才藝，還是說他們要玩某種遊戲？穿著那些誇張雞戲服的人又是誰啊？他們都戴著面具跟羽毛長圍巾。

當瓦倫太太走到體育館前面時，大家都安靜下來，她是校長的祕

彩　排

書，平時負責學校辦公室的運作，可是其他事情也幾乎全由她負責。麥克跟她很熟，因為所有要去見校長的人都要在她的辦公桌前等候。

「大家注意一下，」瓦倫太太說，揮著手臂，免得有人錯過，「準備好要開始了嗎？」她的麥克風發出尖鳴，開始運轉。

「一開始，她列出基本原則。「我們學校以前從未辦過才藝表演會，」她解釋，「可是我們想把它變成學校的傳統。」

「好耶！」一個啦啦隊員呼喊。

「不過，有幾件事情需要你們的配合。」瓦倫太太繼續說。

負責各項表演的孩子整週都必須彩排，每天放學後，就要來體育館。今天晚上，瓦倫太太會將所有的表演排好上場順序，之後每

天都需要從頭到尾演練彩排一遍。

「學校會負責音效跟燈光，」瓦倫太太解釋，「所以你們不用擔心那些細節，可是你們要負責自己的戲服跟化妝，而且務必準時到場。」她環顧四周，確定每個人都在聽。

「好了，最重要的事情來了，」瓦倫太太說，「這個表演的目的是為了發揚學校的精神，讓我們為學生擁有的才藝感到光榮，沒有獎項也沒有評審，因為這不是比賽，也不是試鏡。只要有足夠的勇氣站上舞臺，什麼人都可以參加。」

她等著大家吸收她說的訊息，「我們會彼此打氣，並欣賞其他學生的努力。學校不容許喝倒彩和霸凌，這樣清楚嗎？」

麥克跟著其他人一起點點頭。如果這是比賽，他會希望得到第一名。不過，如果沒有獎項，那麼他想要得到什麼？是從眾人之間脫穎而出吧，還是讓觀眾大感驚奇，令他們驚豔無比？

亞當遞了一個寫字夾板過來。「我們必須在上面寫下自己的名字。」他解釋。

麥克用大大的草寫字體在清單下方寫上：「魔法人，麥克・威斯」。亞當在後面追加「跟他神奇無比的助手，亞當・艾伯特」，然後把寫字夾板還給瓦倫太太。

「謝謝，」她說，「所以，我們就從清單最前面開始演練吧？」

瓦倫太太看著清單上的頭一個名字。「盧卡斯，上來表演你的才藝給我們看吧！」他是麥克的閱讀夥伴！盧卡斯拖著一張木頭凳子上臺，麥克把兩根手指塞進嘴裡，吹出口哨聲。「加油，盧卡斯！」他嚷嚷。這就是打氣，對吧？

接著盧卡斯坐在板凳上，開始說笑話。

「為什麼那個男生從教室偷走凳子？」他問。他等了一下，然後自己笑著回答：「因為老師要他坐下！」（註）盧卡斯用雙手在凳子側面拍了三下，啪、答、答。

「鬼會端什麼上來當甜點？」他再次停頓一下。「冰淒靈跟鬼叫

註：原文 Taka a seat.（找座位坐下）的字面意義是「拿走座位」。

莓！」啪、答、答。（註）

盧卡斯總共說了大約十個笑話，當他蹦蹦跳跳下臺時，大家都拍手鼓掌，要是麥克有啦啦隊彩球，一定會跟著啦啦隊員們一起歡呼。麥克自己還是一年級的時候，絕對不敢上臺表演！盧卡斯真是厲害。

下一個節目是麥克的同班同學威爾表演吉他，他自彈自唱一首披頭四的曲子。不賴喔，麥克想。

接著是對嘴歌手，他們表現得好像自己已經是青少年；接著是個二年級女生翻筋斗越過整個舞臺。

表演體操的人結束時，瓦倫太太看看寫字夾板。「麥克．威斯，魔法人？」她說，「該你嘍！」麥克整理好自己的黑襯衫，戴上帽子，抓起自己那箱道具，登上舞臺。

麥克開場時說：「魔術無所不在，甚至在你最意料不到的地方，比方說這顆氣球，」他拉一拉氣球並吹滿氣，然後拿著它，讓觀眾可以看著氣球。「就像在生日派對可以找到的那種，對吧？」

他當初變戲法給亞當看的時候也用過這套說法。觀眾忙著微笑點頭，沒注意到他悄悄把膠帶貼在氣球背面。不過，亞當拿出那根大針時，觀眾全神貫注！所有的孩子都很緊繃，等著氣球發出巨大

註：Ice scream 跟 booberries 是將 ice cream（冰淇淋）、blueberries（藍莓）換了拼法，換成跟鬼魂相關的自創字眼。

的爆炸聲。

麥克緩慢的用針穿過膠帶，氣氛充滿懸疑——竟然什麼也沒發生！他聽到某個人詫異的倒抽一口氣。

他抓住了觀眾的心。

他成功了！

亞當就跟當初承諾的那樣，走進群眾裡從某人手上拿到戒指。好吧，如果是麥克出馬，他就不會挑瓦倫太太的婚戒，可是所有的小鬼都愛極了。

「別把它變不見了！」盧卡斯呼喊。

「如果變不見了，你一整年都要待在史考特校長的辦公室裡！」

有其他人補充。

他們在調侃麥克嗎？他們知道麥克比大部分的孩子都更常去找校長嗎？

他不知道，可是他把那些當成耳邊風，現在他不是喜歡惹是生非的人。他是魔法人！

亞當把戒指拿來了以後，麥克從口袋裡抽出一枝筆，把戒指套過頂端。「好了，仔細看這個戒指喔，」麥克告訴小鬼們，「我會用眼神來移動戒指！」他狠狠瞪了戒指一眼，然後把筆從身邊拿開。他這麼做的時候，戒指就沿著隱形的線往上走。

麥克真希望自己有個適合的魔咒可以說。「阿布拉卡達布拉」就是……太老套了。他一定要快點想出一個更好的。不過，這件事真的很重要嗎？大家看到戒指移動的時候，都很震驚。

亞當很清楚接下來該做什麼。他在桌子上放了一個塑膠空瓶，麥克把自己的筆丟進去，然後命令筆升到空中，而筆遵照他的魔法呼喚。麥克在下巴附近抓住筆，然後走到舞臺邊緣，其他孩子已經在鼓掌了。

嗯，諾拉不想參加這場表演？沒有她，麥克也會好好的。

「這只是我們星期五晚上表演的一小部分。」麥克向體育館裡的每個人解釋，「最棒的部分還沒上場！」他大膽宣布。

「可是這個星期你會跟我們彩排完整的內容吧？」瓦倫太太問。

上升戒指 變化版魔術

1. 為了表演這個戲法，你必須向觀眾裡的某個人借用一枚戒指。

2. 從你的口袋裡拿出那枝筆，拿在靠近自己的地方，筆蓋朝上，將戒指套過那隻筆，讓戒指停留在你的手指上。

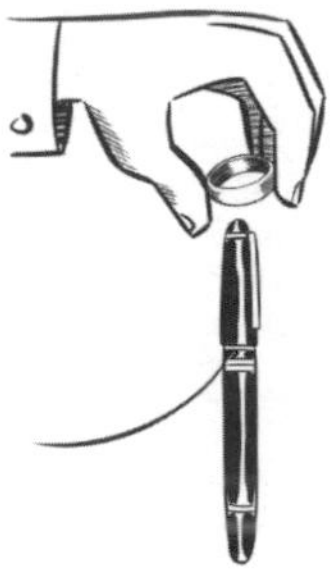

3. 接著，慢慢把筆從身邊拿遠（朝著觀眾方向移動），另一隻手對著筆揮一揮。然後說點魔咒！這枝筆一直移動的時候，那條線會繃得更緊。線越繃愈緊的過程中，戒指就會升到筆的頂端！

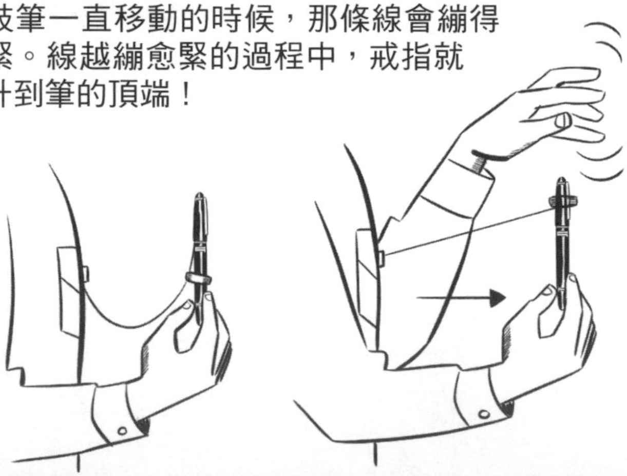

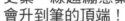

飄浮筆魔術

1. 表演前，必須準備一枝筆身為黑色的筆，頂端要有筆蓋。拿下筆蓋，用一條黑線反覆繞住筆尖，再用一段透明膠帶固定。完成的時候，把筆蓋套回去。

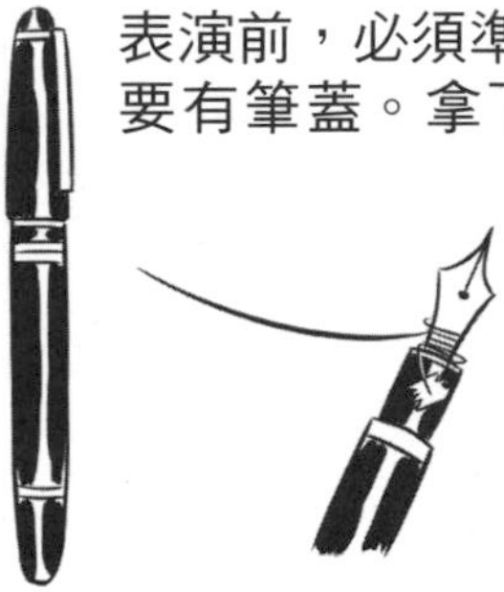

2. 接著，把這條線的另一端繞在你襯衫的一枚鈕釦上。（胸前有口袋的黑襯衫效果最好。）把筆放在口袋裡。

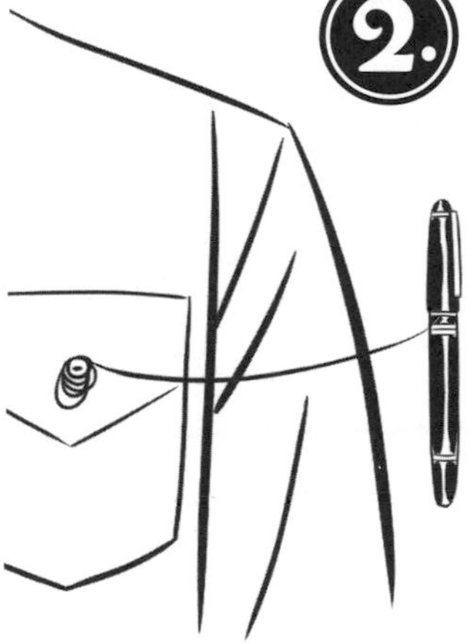

3. 你也會需要一個透明塑膠瓶。

當你準備好要開始表演的時候，從口袋抽出筆，拿在身體前方，筆蓋朝上。

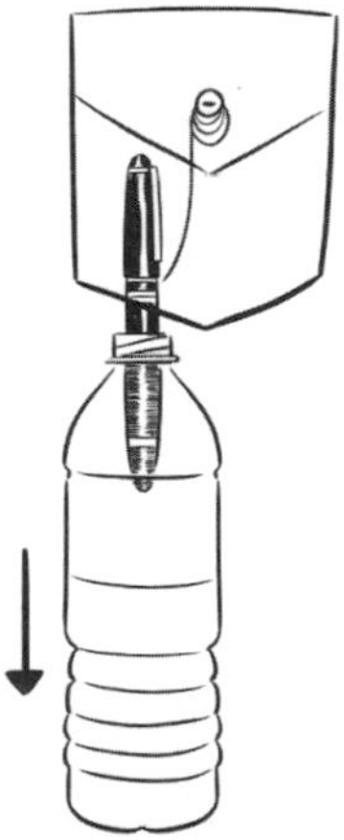

把瓶子舉在身體附近，把筆投進瓶子裡。這時候，那條線會又鬆又垮；把瓶子移得離身體愈遠，那條線就會愈緊繃，而筆就會在瓶子裡面往上升！做出把念力「聚焦」在那枝筆上的模樣，彷彿要靠念力讓筆升起。當筆穿過瓶口往上升，就把筆放回口袋。這樣直到下次表演以前，你的祕密都會很安全，不會被發現。

麥克不希望在真正演出以前，讓大家摸透戲法。

「我希望我暫時可以守住……一些祕密。」他說得很順口。

瓦倫太太點點頭，在寫字夾板上記了點東西。「可以了，麥克。」她說。

麥克一離開舞臺，就想再回到臺上去！

「表演很成功，」亞當低聲說，「就像魔力八球說的那樣。」

接下來是那些古怪的雞，他們帶領所有的孩子跳起特有版本的雞舞。麥克不喜歡跳舞，可是此刻不管是誰要求他，他都願意跳！星期五晚上，他就要在真正的舞臺上，當個真正的魔術師了！

最後只剩下默劇表演排練了，麥克的背包放在教室。媽媽很快就要來接他了，所以他最好現在就去拿書包——趕在她抵達以前，因為媽媽一向不喜歡等人。

麥克靜靜打開體育館的門，悄悄走出去。他盡量不想打擾到默劇表演，卻沒注意到走廊的地板上有隻雞……直到他被「那隻雞」的腿絆了一跤。

他也注意到，那隻雞沒戴面具，臉看起來滿眼熟的——那張臉埋在羽毛之間，可是不管在哪裡，麥克都會認得那束馬尾。她之前辜負他的期望，讓他失望了。可是他該怎麼辦？總不能不理她就直接走開吧。

「諾拉？」麥克問，「你還好嗎？」

第六章

幫助諾拉

她兩雙眼紅通通，「你覺得呢？」她問。

「嗯，我想，大概不好吧，」麥克說。她在這裡做什麼啊？「你是那些怪雞裡的其中一隻？」

「對，」她說，「可是我再也不要上臺表演了！我要退出表演！艾莉跟安娜現在很生氣。」

麥克好困惑。「等等，」他說，「我以為你不想參加才藝表演！」

諾拉擤擤鼻子。「我是不想啊，」她回答，「我根本一點都不

想！可是艾莉跟安娜跑來找我，我想說如果不會有人知道我是誰，可能會輕鬆一點，但現在我反而覺得更糟糕了！在大家面前上臺就已經夠恐怖了，更恐怖的是要穿愚蠢的戲服。」

麥克非常認同。「對啊，」他說，「這個服裝滿蠢的。」

他到底能不能學會在張開嘴巴講話前，先好好想一想啊。

可是諾拉覺得很好笑，事實上她笑到雙眼再次泛起淚水，「你看到面具上的亮片了嗎？」她咯咯笑，「而且長圍巾上面的羽毛都開始掉毛了……天啊！我在脫毛！」

麥克的媽媽隨時就會到了，麥克問諾拉：「想搭便車回家嗎？」，也許兩人的關係可以恢復原狀。

她說：「我爸在路上了。」

「我媽可以打電話給他，」麥克告訴她，「來吧！」他表演過後的那種飛翔、輕飄飄的感覺還沒散去，如果可以逗諾拉開心，他也願意一路跳著雞舞到停車場。他的快樂很有感染力！

麥克的媽媽很樂意順道開車載諾拉回家。轉眼間，他們兩個就聊起某本新書，把麥克晾在一邊——他們為什麼不能聊聊他讀過的東西？像是《金氏世界紀錄》這種？

所以，麥克在心裡把表演再排演一遍，他跟亞當還得下很多功夫。不過如果今天進行得很順利，也許星期五晚上的表演會更棒！他幾乎已經可以聽到當晚的掌聲了。

接著他想到諾拉的處境，她是不是應該打電話給其他朋友好好談一談？他想著。

接著他同時想到自己的表演跟諾拉的處境。

直到上個星期，諾拉一直是他的魔術搭檔。

而她卻會害怕上臺演出？

她為什麼之前都沒跟他說？

如果諾拉是個膽小鬼，那麼她絕對當不成他的助手！

麥克跟亞當可以為了才藝表演會組成完美的團隊，可是表演過後會怎麼樣？麥克沒辦法永遠不讓諾拉參與他的表演，他的祕密她全都曉得！

麥克迅速想出了一個點子，就像諾拉可以迅速想起美國各州的首府那樣的快速。

她以前幫過他很多次……所以，現在他必須幫她忙。他必須說服她參加才藝表演！讓她能夠永遠克服舞臺恐懼症，這樣他不僅善盡朋友的責任，她也會成為麥克更稱職的搭檔！

他們正要從後車廂拿出背包時，麥克告訴諾拉：「我想你應該替自己想個新表演。」

「我都說我會怯場了，」諾拉有點生氣的說，「你忘了嗎？」

「嗯，我記得啊，」麥克說，「可是你不應該讓那件事變成阻力，你必須努力克服它！」

他講出了一些重點。「才藝表演是一回事，要是哪天妳必須上臺報告呢？到時你再怎麼害怕也得上臺啊，要不然你的成績單就會很難看！」

諾拉轉身面向自己的家，「別取笑我。」她說。

「我是說真的！」麥克說下去，「你不能永遠害怕下去，等你長大後怎麼辦？如果未來要競選總統的時候怎麼辦？你必須一直上臺的！」所有他認識的小孩裡，能夠成為總統的絕對是諾拉。

麥克的媽媽一下車就開始查看自己的手機，看起來不像在聽他們講話，誰也料想不到最後逆轉情勢的竟然是她。

美國總統
RESIDENT OF THE UNIT

「你知道嗎？諾拉，麥克說得對，」威斯太太幫腔，「也許你不會競選總統，可是不管你長大以後決定做什麼，都躲不開公開演說。而克服恐懼的唯一方法，就是練習。」

諾拉並不打算跟麥克的媽媽爭辯。

麥克則一直在腦袋裡想著聽到的這些字眼：「麥克說得對。」——這聽起來真悅耳！

「表演魔術有時候也滿可怕的啊，」他提醒諾拉，「可是我沒有退縮。」

諾拉嘆口氣。「即使我想要去，也不能去參加才藝表演，」她說，「我沒有才藝。」

麥克雙眼一瞪，「你一定是在開玩笑吧。」他說。她明明什麼都很厲害。

「沒有，真的。想想看嘛，」諾拉堅持，「我會的事都不是那種可以在舞臺上表演的才藝。我課業很行，對吧？可是我要怎麼表演出來？難道要現場做數學測驗嗎？」

「你可以彈鋼琴啊。」麥克提議。即使諾拉只是在練習，聽起來也像是開音樂會。

「我要怎麼把鋼琴弄到學校？」她問。

一定有辦法的，可是先不管。

「或者你可以表演倒立走路，」麥克說，「學校其他人都不會。」

「已經有人要表演體操了。」諾拉說。

麥克翻了翻白眼。好吧，他想，要是有人可以告訴諾拉該表演什麼就好了！

接著他想到誰可以做這件事。「聽著，我有個很好的點子，只要你能相信我，你能不能過來我家一下？」

諾拉吐口氣，好像滿心煩的。不過，她還是同意過去一趟。「我先跟我爸說一聲。」她說。

麥克在櫥櫃裡找到一袋蝴蝶餅，替自己倒了點巧克力牛奶，然後上樓去拿他的魔力八球。諾拉過來麥克家時，他正坐在沙發上拿著魔力八球問問題。

「諾拉會改變主意嗎？」麥克說。

他搖了搖魔力八球，然後往底部的小窗看進去。「有可能喔。」

魔球說。

諾拉在他身邊坐下，「這就是你的好點子？」她皺著眉頭問，「這又不是水晶球，麥克，這是玩具。」

「不過，這是從白兔商店買來的喔。」麥克提醒她，那就表示這個玩具可能帶點魔力，甚至可能幫助諾拉做決定。

麥克把球遞給諾拉，等著她問球問題。她在掌心裡翻轉著這顆球，最後終於想出一個問題：「我真的必須參加才藝表演嗎？」

她搖了搖球，然後查看它給的答案，魔力八球的回答是：「很肯定。」

「真的假的？」諾拉說。

「你不能永遠害怕下去。」麥克強調。

「我才不要再跳雞舞呢。」諾拉告訴魔力八球。

「這個球只能回答『是或不是』的問題。」麥克提醒她。

諾拉再試一次。「我一定要跟那些雞在一起嗎？」

「根據我的消息來源，答案是否定的。」魔力八球說。

「看吧？」麥克說，「它給的建議不錯呢。」

諾拉淺淺一笑，「好吧，」她說，她專注的看著魔力八球，「可是我應該表演彈鋼琴嗎？」

麥克替她看魔球的回答。「前景不大看好。」

「我應該倒立走路嗎？」她問。

「難說喔。」魔力八球說。

現在，麥克對著球說話，他心裡還有其他的點子。

「諾拉應該在才藝表演上唱歌嗎？」他問。

諾拉反對。「我連音都唱不準了！」

魔力八球完全同意。「不大可能。」它說。

麥克再試一次。「她應該表演呼拉圈嗎？」

「不行啦！」諾拉拉長了臉，「那跟跳雞舞一樣糟！」

她抓起魔力八球。「我的答案是否定的。」它說。

「幸好！」諾拉說。

麥克把魔力八球拿回來。「我還有一個點子。」他解釋。

麥克其實不認為諾拉會想唱歌或表演呼拉圈，可是下一個問題是認真的，他也相信自己會得到真正的答案。這個魔力八球一直在跟他們說實話，也許這裡頭還是有一點魔法？

他知道有件事諾拉絕對可以做。就他對諾拉的認識，她搞不好還會很喜歡做這件事。

「諾拉應該表演朗讀一首詩嗎？」他問。

諾拉說：「這應該沒那麼糟糕……」

我就知道！麥克想。

可是她現在不願意聽麥克的意見了，她只聽魔力八球的說法。最終答案花了點時間才「浮現出來」，答案在魔球中的藍色液體裡輕柔的上下起伏著。

朗讀「一首詩嗎？」麥克提醒魔力八球。

答案很明顯：「就我看來，可以。」

就我看來，
可以。

第七章

拯救盧卡斯

麥克隔天走進體育館時，其他孩子頻頻攔住他。「你的魔術表演好棒喔。」一個表演默劇、臉上已經畫好彩妝的小孩說。

「戒指那個表演，你是怎麼弄的？」有個以前跟麥克同班的女生問。

「這是個謎。」麥克笑盈盈的回答。他已經不停受到大家的矚目，可是才藝表演都還沒正式登場呢。等大家星期五看過完整的表演，甚至是精彩的結尾後，再下一星期會發生什麼事呢？

亞當坐在諾拉旁邊的折疊椅上，一邊揮手。瓦倫太太催促大家朝那個方向走，一邊說：「聽好了，這些座位是給表演者使用的。」才藝表演的成員都該坐在那裡觀賞表演，直到輪到自己上場，然後志工們就會把表演者帶到該去準備的地方。

麥克跟亞當隨身帶了一大堆東西，有氣球、長針、膠帶、筆、瓶子、玻璃杯、帽子，還有他們還沒表演過的戲法中會使用的硬幣；麥克還有個驚喜就塞在魔術帽裡，他們還沒帶最大的道具來呢——就是表演「消失的魔術師」會用到的東西。

麥克想，也許諾拉可以幫忙一起做道具；她不參加麥克這次的表演，可是她依然屬於他的團隊一員。

不過，他不能現在就去問諾拉，因為她很緊張。她把自己要朗讀的那首詩印在一張紙上，反覆閱讀著。「T'was brillig and the slithy toves did gyre and gimble in the wabe。」（註）她喃喃自語，雖然她宣稱那是英文，可是大部分的字麥克都不懂。

瓦倫太太把燈開開關關，要大家安靜下來。「我已經安排好表演順序了，」她告訴整群人，「中場休息前有十個表演，中場休息後再十個表演。」她開始宣讀她的清單。「我們從默劇開始，再來是雜耍，然後是雞……」她讀完了前半部。

註：摘自英國小說家路易斯．卡洛爾《鏡中奇緣》裡的一首胡謅詩〈傑伯沃基〉（Jabberwocky）。意思大概是，傍晚了，活躍的獾正在山坡上挖洞。

「你們會注意到，我在後半場加了點新節目，」瓦倫太太繼續說，「他們是後來才報名的表演，我們今天下午會第一次看到排演。最後由麥克．威斯跟亞當．艾伯特結尾。你們不介意最後上場吧？」她問。

「噢不，我們沒關係的。」麥克趕緊回答。

大家都知道最後一個表演是最重要的，因為那會在觀眾心中留下最深的記憶！

「那麼我們準備開始嘍。」瓦倫太太輕快的說。

排演花了好些時間，因為瓦倫太太試著要替每場表演調整出適合的音效跟燈光。有些孩子在等待上臺時埋頭寫作業，不過大部分的孩子都用歡呼聲鼓勵表演者上臺。當對嘴唱歌的表演者現身時，大家甚至跟著同聲高唱！

終於輪到諾拉了。

「現在是我們的新的表演節目之一，」瓦倫太太說，「諾拉・芬恩要朗讀一首詩，麻煩告訴我們標題。」

「〈傑伯沃基〉，」諾拉說，「這是路易斯．卡洛爾寫的。」

諾拉深吸一口氣，拿著她那張紙走到麥克風那裡。麥克站起來，瘋狂的鼓掌。「你辦得到的，諾拉！」他大聲說。

難得沒人阻止麥克放聲大叫，而且諾拉正好有點需要他的鼓勵和打氣，這讓麥克覺得很開心。就像魔術師會說的：風水輪流轉。臺下正好有一群友善的觀眾，諾拉一定可以克服自己的舞臺恐懼症。

不過還有一個問題，那就是——並不是每位觀眾都很友善。

體育館裡，麥克的回音一停下來，就響起另一個聲音。「一首詩？」語氣中帶著嘲諷，「拜託喔！誰想聽那種東西啊？」

是傑克森．賈克柏。他來這裡幹麼？

麥克可以看到諾拉手中的紙張簌簌抖著，還好她並不真的需要這張紙。她憑著記憶就把整首詩朗讀完畢，看也不看傑克森一眼。

麥克完全不知道那些字是什麼意思，可是他聽得出來那首詩在談一場戰爭，彷彿敘述著：不管誰挑起戰火，諾拉都勇敢無懼。

她走回座位時，麥克跟她擊掌。「看吧！」他低語，「這沒什麼好怕的。」

「除了傑克森之外。」諾拉朝他的方向看過去。

「諾拉，謝謝你的表演，」瓦倫太太說，「我們還有一個後來才報名的項目。傑克森，你準備好了嗎？」她問。

他拿著巨大的袋子衝上舞臺，就像用來裝曲棍球棒的那種袋

子。他拉開拉鍊，拿出一副黑色大拳擊手套，還有一個拳擊沙包。

瓦倫太太的嘴巴看起來好像吃到酸溜溜的東西，「你可以跟我們說明一下你的表演嗎？」她問。

「是拳擊啊，」傑克森說，出拳搥了兩三下，「我先示範一下。」他猛打沙包，「這是我的左勾拳，看到了嗎？」他說，「這是我的拳擊沙包，」他把沙包轉過來，讓大家看到沙包像娃娃一樣有張臉。「它是個假人，我都叫它『麥克』。」

麥克的臉頓時紅得跟番茄一樣。

可是瓦倫太太馬上回應傑克森，「如果你要參加才藝表演，就必須提出更適當的內容，」她堅定的說，「不能跟暴力有關，也不能侮辱別的同學，你應該很清楚這些規定才對，請立刻回到座位上去。」

傑克森臉色沉了下來，可是他乖乖聽話照做。他走回座位的途中，還故意拿袋子去撞麥克的椅子。

麥克記得，學校不允許喝倒彩和霸凌，如果傑克森再輕舉妄動，就會被請出去。

瓦倫太太呼喚清單上的下個名字時，緊緊盯著傑克森。「盧卡斯？」她說。

「耶，老弟！」麥克的一年級生朋友上臺時，麥克嚷嚷著。麥克今天是個單人啦啦隊！

盧卡斯把頭髮從眼前撥開，在凳子上坐下，然後開始說話：「數學課本為什麼不開心？」他問觀眾。他停頓了一下，然後自己回答：「因為它有『太多問題』。」，啪、答、答。

「噢，老天，」傑克森說，「蠢死了。」

麥克希望盧卡斯沒聽到傑克森說的話。

盧卡斯說：「叩──叩。」（註1）

「誰啊？」傑克森用娃娃音大聲說。

這次大家都聽到了，麥克很確定。

盧卡斯在凳子上稍微縮起身子，接著說：「羞李。」（註2）

註1：假裝敲門。

註2：羞李跟修理發音近似。

才藝表演

「羞李……誰啊？」傑克森問，依然用嘲諷的語氣。

瓦倫太太什麼時候才會阻止傑克森？麥克無助的望向她。

噢，糟糕！她為什麼正好在講手機？麥克想。

麥克知道，瓦倫太太是校長的祕書，有各式各樣的危機需要處理。可是為什麼是在這裡？為什麼偏偏挑現在？

盧卡斯好不容易講完他的「叩叩」敲門笑話。「修理門鈴，門鈴故障了。」他看著地板說。這次他沒敲凳子，而是繼續說下去。

「雞為什麼要過馬路？」盧卡斯害怕的說。

傑克森在空中揮舞著手。「我知道！我知道！」他說，「為了到對面去。」

觀眾的參與不在盧卡斯的計畫中。「不是，」盧卡斯覺得困擾，失去原本的節奏，「嗯，是因為……嗯……」，盧卡斯在舞臺上突然看起來小不隴咚，孤孤單單。

麥克想起自己小時候，就像那樣。那時候傑克森也老是找他麻煩——麥克沒辦法證明傑克森偷了他最愛的玩具消防車，可是麥克最後一次看到那個玩具，是他們一起遊戲時；還有出現在麥克家後院的那條蛇，還有誰會把蛇放在那裡啊？

麥克真希望有那種可以變出強烈閃電的魔法，如果他會那種魔法，就能把傑克森敲倒在地，讓他在原地電得滋滋作響！

可是另一種魔法——麥克會的那種——之前曾經制止過傑克

森，而且這種魔法賜給麥克的才能，超過他可以在才藝表演中演出的。站上舞臺的時候，他覺得自己強大而有力，就像是一個全新的麥克。他要怎麼在日常生活裡，召喚出那種勇氣呢？

麥克對自己說，我現在必須當盧卡斯的救難隊！

他不曾告密過，可是傑克森正在欺負著一個小朋友，不能就這樣讓他「逍遙法外」！

盧卡斯悄悄下臺時，麥克大步走向瓦倫太太，她正要把手機收回口袋。「瓦倫太太不好意思，」麥克客氣的說，「現在有一個緊急事件，有人受到傷害了，能請你幫忙嗎？」

第八章

熟能生巧

星期三彩排的時間稍微短一點，因為大家都逐漸習慣了固定的順序。麥克心裡想著自己可以在燈光的籠罩下，站在舞臺上更久一點，可是他還有一些工作得在家裡進行——他必須替「消失的魔術師」表演準備道具！

排練過後，亞當和諾拉一起回到麥克家。「最好別把外套脫下來，」麥克邊說，邊帶著他們走進家裡的車庫，「裡頭冷颼颼的。」

通常麥克的房間就是魔術表演場地，可是今天他們需要多一點活動空間。麥克帶著亞當跟諾拉經過一盒盒的節日裝飾品，以及沒人在用的運動單車，他們在麥克家車庫後側角落裡找到之前新冰箱送來時的箱子。

「在這裡！」麥克說。那個冰箱紙箱有兩百四十幾公分，搞不好三個孩子都能擠進去。他們把其中一面割掉，這樣就會有一塊超級長、超級堅韌的紙板。

他各遞一把剪刀給朋友，然後把箱子翻到側面，固定在原地，讓亞當跟諾拉從相對的兩端開始剪。

「所以傑克森不表演了嗎？」他們忙著剪箱子時，麥克確認，「他沒來彩排。」

諾拉消息很靈通。「學校不准他參加表演，」她說，「因為他霸凌別人，瓦倫太太把他從表演名單剔除了。」

「你確定嗎？」麥克懷疑的問。因為每次該面對懲罰的時候，傑克森總是能夠成功逃脫。

「百分之一百確定，」諾拉說，「他們連放學之後都不准他來體育館，瓦倫太太說她無法信任他。」

麥克伸張正義了！他忽然呼出一口氣，原本不知道自己在憋氣——告發傑克森是滿冒險的，可是現在排除傑克森的干擾，沒有任何事情以及任何人可以阻撓麥克大獲成功！

亞當跟諾拉在厚紙板中間碰頭，剪下最後一刀，整片紙板就掉落在地下室的地板上了。他們把這塊板子折成三段，讓它獨自站立。

麥克試著想像：他跟亞當把這塊板子扛上舞臺，豎立起來，然後創造出一種強大無比的幻術，到時觀眾肯定會無法相信自己的眼睛！

他忙著想像那個時刻，結果忘了眼前正在發生的事情。

「麥克？」諾拉說，「我們現在該做什麼？我們還在等你耶！」

麥克清醒過來。他真不敢相信輪到自己下指令，他不大習慣負責指揮。

「現在我們要塗上顏色。」麥克告訴諾拉和亞當。

他們需要的一切都在這裡——另一項美勞作業使用的油彩，雖然有些筆刷已經有點彎曲，可是還可以用。麥克甚至找到一些破洞的T恤，可以當成防髒的罩衫。

「數到三！」他說，「一……二……三！」他們三個人把油彩灑在紙板上，直到蓋滿了許多彩色的點點。這個設計跟魔術戲法毫無關係，可是紙板

現在好看多了，彷彿穿上了自己的戲服，準備上場表演。

只剩下一個問題——他們要怎麼練習「消失的魔術師」？他們現在不能在麥克的房間練習，連地下室也不行。他們需要一個舞臺，但不是學校的那個，他們不能冒險讓別人看到他們打算做什麼。

諾拉已經離開麥克家，不過亞當留下來吃晚飯。「我們可以一大早就到學校嗎？」亞當問，然後咬下墨西哥夾餅。

「多早？」麥克說，「我的意思是，我們必須趕在每個小孩抵達以前到那裡嗎？」

「說的也是，」亞當同感，「要是在明天彩排過後留下來呢？」

「我不確定，」麥克說，「天黑了我們還能自己留在那邊嗎？」

他們還能去哪裡呢？國中部的大禮堂嗎？

「等等！」麥克說，「也許我們可以用白兔的那座舞臺！」

亞當認為這可能行得通。前幾天，麥克幫了一個朋友勇敢上臺；也替一個小小孩挺身說話；他帶頭做事，解決預演場所的問題！他一心一意要在才藝表演會上變魔術，但是是不是有其他魔法無形中也在他身上發揮作用了？像是……他怎麼突然變得這麼有責任感呢？

上完一整天的課、最後一場彩排結束，麥克的爸爸載諾拉去上鋼琴課之後，麥克跟亞當終於抵達魔術店。「我一個小時之後回來，可以嗎？」威斯先生說。

希望時間足夠。

他們抵達的時候，沒人在櫃臺，店裡也沒有其他顧客。在平日的晚上，這家店給人的感覺跟星期六早上截然不同，彷彿整家店跟它的祕密現在都只屬於麥克跟亞當。

要擾亂這片寧靜，讓麥克覺得怪怪的，可是這裡一定有人在才對。「哲林先生？」他呼喚。

哲林先生頓時就出現在麥克身邊，他是透過魔法現身的嗎？如果有人可以憑空出現，那麼肯定非哲林先生莫屬。麥克張嘴要問舞臺的事，可是接著卻注意到哲林先生的雙腳沒碰到地面！他雙手拉著一條被子——長度幾乎碰到鞋子——可是在被子跟地板之間，麥克可以看到哲林先生的雙腳懸在半空中。

「有什麼要幫忙的？」他問麥克和亞當，緩緩飄降在地板上。

「你是怎麼弄的啊？」亞當問。

呃，麥克想，哲林先生很少跟人分享祕密，而且他不太認識亞當。可是哲林先生對麥克的朋友很好，「總有一天我會秀給你看。」他說，沒提什麼時候。

「我在想，」麥克說，「我們能不能借用你的舞臺練習『消失的魔術師』？」

前一刻哲林先生還神祕兮兮，下一刻卻像教練一樣，開始替這

特價!

兩個男生打氣。「當然嘍！」他邊說邊帶頭下樓，打開燈，「告訴我，你們什麼時候要演出？」

「明天！」麥克說。他今天晚上沒有多少時間可以睡覺了。他把道具袋子放到地上，亞當將紙板靠在牆上。

「你們現在才要開始練習嗎？」哲林先生嚴肅的問。

這次亞當負責回應：「噢，不是的！我們上個週末無時無刻都在練習，放學後也是。我們已經一次又一次的練習『消失的魔術師』，可是我們必須在真正的舞臺上實際進行看看……我們需要最後一次的排練。」

哲林先生的臉擠成一團笑容，「再怎麼準備都嫌不夠吧。」他說。

我們知道！麥克不耐煩的想。「我們可以把表演的一部分秀給你看嗎？」他說。

哲林先生點點頭，叉起手臂，像是在表示他準備好了的暗號。

亞當照著自己會在正式表演時做的那樣，將一張桌子抬到舞臺中央，然後在上頭放了個杯子。接著他將一頂棒球帽上下顛倒，靠著玻璃杯邊緣，在帽子跟杯緣之間卡了一枚五分硬幣，觀眾都看不見。硬幣斜斜卡在杯子上，而帽子則將硬幣固定到位。

麥克往前一跨，深吸一口氣，用他表演語調說著，「看到這些硬幣了嗎？」他朝空蕩蕩的房間詢問，接著從口袋裡掏出一把二十五分硬幣。「這只是一般的二十五分硬幣，對吧？」他停頓一下，這時觀眾會表示同意，接著他把一根手指伸進空中，彷彿在說：「等等！」

「仔細看，我要把這些硬幣丟進帽子裡，」他跟假想的觀眾說，「其中一枚會穿過帽子，掉進杯子喔。」

他把二十五分硬幣都丟進帽子裡，一個接一個，同時確定原本那枚硬幣繼續卡在原位。接著，等觀眾再也受不了那種懸疑時，他拋進一枚硬幣，並且同時移動帽子。麥克花了一陣子才抓準時間，不過他表現得完美無瑕，看起來他拋進去的硬幣就是猛的掉進玻璃杯裡的那枚！實情是，裡面的那枚硬幣原本就在那裡「待命」了。

麥克想像觀眾的掌聲響起，然後微微鞠了個躬。「謝謝，謝謝。」

他謙虛的說。

哲林先生點點頭，「不錯喔。」他邊說，邊搓著下巴。

麥克可以感覺自己又再次臉紅了，可是這一次不是因為傑克森說損人的話，而是因為他很得意！他以前不曾真正表演給哲林先生看過，而這件事比在學校表演還了不起！

「看來你已經準備好上路了。」魔術師補了一句。

上路？麥克想。除了學校，他沒有要到哪裡去啊？哲林先生才是曾經到處表演的人啊。

「告訴我，」哲林先生說，「要是你表演時有了閃失，會發生什麼事？」

2.

告訴觀眾，你要把硬幣丟進帽子裡，其中一枚會穿過帽子！開始一枚接一枚，拋下硬幣，營造懸疑感。

3.

當你開始拋硬幣時，用另一手抓住帽子側面，稍微挪一下，讓原本卡在邊緣的那個硬幣掉進杯子裡。只要抓準時間，丟進帽子的硬幣，看起來就像是落入杯子的那一枚。

硬幣隔空掉落魔術

1.

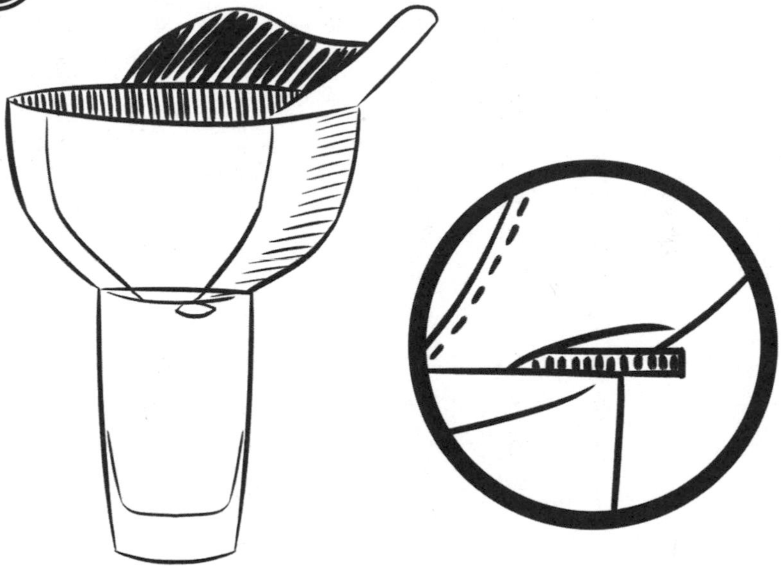

一開始先把玻璃杯放在桌上，將一項棒球帽（或是別種帽子）上下顛倒放在杯緣。接著，將一枚硬幣靠著杯緣，卡在帽子下方，別讓任何人看到。帽子用某個角度將硬幣固定住。

為了表演這個戲法，你會需要好幾個同樣幣值的硬幣。（臺幣十元硬幣最適合。）

這個問題只有一個答案。「我不會有任何閃失，」麥克說，「我一直很努力練習，就照你說的！」

哲林先生明亮的眼神對上他的視線，他說：「當機立斷、保持冷靜。你一定要準備好，因應任何突發狀況，每位觀眾都會用不同的方式測試你。」

麥克嚥了嚥口水。哲林先生認為他辦不到嗎？

「我知道你辦得到，」哲林先生說，彷彿知道麥克在想什麼，「可是要記住：你必須預期會發生出乎意料的事，然後把它變成魔術。」

麥克點點頭，把話聽進去。

「還有結尾表演呢？」哲林先生說，「我可以看看嗎？」

亞當一點就通，他拿出厚紙板，立刻在舞臺上就定位。

第九章

盛大的夜晚

演出時間就快到了！

才藝表演的成員們在教室裡列隊，準備走進體育館裡就座。瓦倫太太正在發表「啟迪人心」的演說，有幾個孩子正悄悄進行最後的練習，而麥克就是沒辦法把對嘴演唱者的音樂趕出腦海！

麥克的肚子好像踩著人字拖走路一樣，起起伏伏。

他並不緊張，他告訴自己，只是因為自己還沒吃晚餐才會這樣。雖然瓦倫太太替他們訂了披薩，可是誰有心情吃東西呢？麥克只希望快點輪到自己上臺！

亞當就在他身邊。麥克低聲告訴他：「我離開一下就回來，好嗎？」他趁沒人在看的時候，閃身進入走廊。他必須知道體育館裡的狀況！

他溜過買票的隊伍，腦袋從打開的門探出去。他看到人潮的時候，大吃一驚。座位幾乎都坐滿了！麥克嚥了嚥口水，場面大到超過他的預期。

他衝回教室，窗戶上的倒影抓住他的目光——那是史考特校長，她正在門口迎接家長。有些人正脫掉身上的外套，而且還來了一個魔術師。

等一下！麥克想。難道有人要模仿他的表演嗎？

麥克花了一秒鐘的時間才意識到，原來他看到的是自己的倒影。他穿著暗色襯衫、戴著魔術帽，看起來就像是個道道地地的魔術師。他的胃又抽動了一下，他知道今晚過後全校會用什麼眼光看他。

麥克沒錯過多少瓦倫太太的談話，她還在滔滔不絕講著：「我們不只要端出精彩的表演，」她說：「更要替我們學校開創一個美妙的傳統……」

表演體操的人站在亞當面前，滿嘴泡泡糖，她不停吹著泡泡，彷彿一點也不擔心。「想戳破泡泡嗎？求個好運！」

誰能拒絕好運呢？亞當跟麥克輪流戳破泡泡。直到他們聽到瓦倫太太說：「準備開始表演了！」麥克真希望他可以先擦一擦黏呼呼的手指，可是沒時間了。

表演者陸續坐進安排的座位後，麥克環顧體育館一周，想找爸媽在哪。媽媽要加班，爸爸要開會，而且他們必須去接奶奶過來，他們來了嗎？要是他們錯過了呢？一定要讓奶奶看到他戴著胡迪尼帽子的模樣！麥克不停的尋找他們的身影，這時燈光轉暗了……

才藝表演的開場相當安靜，從默劇表演打先鋒。不過，等到那些怪雞走上舞臺的時候，群眾就邊鼓掌邊跺腳了！瓦倫太太在中場休息以前對著所有的孩子豎起大拇指。「繼續努力！」她告訴他們，

「一切都進行得很順利呢！」

掌聲讓麥克再次覺得渴望。再過不久，掌聲就會為他響起！咦？在後排揮手的那個人是誰？——是奶奶耶！她朝麥克送了個飛吻，麥克微抬帽子致意。今晚，他要讓自己的家人覺得與有榮焉！

下半場表演開始的時候，表演者騷動起來。表演雜耍的學生已經上臺，把沙包當成燙熱的馬鈴薯一樣，輪流換手丟。有人開始交頭接耳玩傳話遊戲，瓦倫太太則怒瞪眼睛說：「噓噓噓！」

亞當沒加入傳話遊戲。「你還好嗎？」麥克低語。

亞當點點頭說：「我等不及要上臺了！」

麥克完全懂得那種感覺。

就在感覺好像永遠輪不到他們時，有個志工過來幫忙麥克跟亞當把他們的道具拿到後臺的等候區。他們在那裡看著諾拉向觀眾施展魅力，當她朗讀那首詩的時候，麥克知道所有的家長都會希望自己的孩子可以像這樣。諾拉尖著嗓子朗讀，但面帶笑容，當她表演完的時候，那些「雞朋友」呱呱叫著，替她歡呼。

接著瓦倫太太宣布了：「今晚最後一場演出，由四年級的魔術人麥克·威斯跟他神奇無比的助手，亞當·艾伯特擔綱。」

麥克從陰影裡走出來，踏入光線之中。配樂響起，宣布他的到來。

說真的，麥克一時之間以為自己緊張得就要吐出來了。今天晚上的燈光真的好亮，亮到他甚至看不清觀眾的面孔。彩排的時候，音樂有這麼大聲嗎？麥克記不得了。他一時慌張，腳步沒踩好，突然摔倒在大家的面前。

消失的魔術師？對，他恨不得自己現在就消失不見！爸媽一定在某個地方，他們的車子停在外面，可以馬上載他回家……

可是應該這樣嗎？

整個體育館靜悄悄的，舞臺上只剩麥克和震耳欲聾的音樂。在模糊的光影裡，一整個體育館的人都等著看他表演。這是麥克想要的一切。對，這是他真心想要的！他才不要放掉這個機會呢。

麥克從地板上爬起來，大步走向亞當，從亞當手裡拿走一顆氣球，把氣球吹飽。「這只是普通的氣球，」麥克告訴觀眾，「就像生日派對用的那種。」熟悉的字眼讓他的心神稍微穩定下來，他邊說，邊把膠帶悄悄貼在沒人會看到的地方。

亞當把長針遞給他，麥克說：「看看我能不能用這根長針戳破氣球！」麥克用特別誇張的姿勢，把針插進氣球……氣球砰的一聲，突然爆開。怎麼回事？原來麥克扎針時沒對準膠帶。是因為他的手在發抖嗎？還是因為燈光照得他看不清楚呢？還是因為他自己會怯場？他之前是如何鼓勵諾拉的？

麥克深吸一口氣。「我再試試別的，」他露出大大的笑容，「如何？」他不能讓觀眾失去興趣，因為他還有一堆精彩的戲法等著表演呢！

運氣不錯的是，他有一個很棒的搭檔。亞當並沒有被嚇壞，他跳下舞臺，穿過一條走道，一面問著：「誰可以借我們一個戒指？

拜託？」亞當順利的把麥克帶向下一個戲法。

麥克的視線已經漸漸適應燈光，他可以看到亞當走到了體育館後側，也可以看到有位女士從手指上摘下戒指給亞當，他還可以看到女士帽子上的條紋，甚至可以看到坐在女士旁邊的是誰。

那是傑克森。

傑克森被踢出了才藝表演成員，可是並沒有被踢出觀眾席。麥克太慢意識到這件事。

哲林先生當初是怎麼說的？每一位觀眾都會用他們各自的方式來測試你！

亞當把那枚戒指帶到舞臺上，麥克壓低嗓門，彷彿要跟觀眾分享一個祕密。「看看這個戒指怎麼抵抗地心引力吧！」他從口袋抽出筆，把戒指套上去，然後猛盯著戒指看。要是他發狠的表情有魔力，肯定會發揮作用。

麥克把筆從身邊拿開時，線卻卡在他黏黏的手指上……最後他竟然扯掉了那條線。這個戲法得仰賴那條隱藏的線——結果那枚戒指喀啦一聲，掉在舞臺上。

這是什麼樣的魔術表演啊？觀眾一定覺得很納悶。目前看來，只是一個接一個的失誤啊。這是一場故意搞笑的表演嗎？麥克可以聽到一些困惑的笑聲。

接著有個聲音可能說出了一堆人的想法：「這個表演爛透了！」

講話的人是傑克森。

麥克可以感覺到自己的襯衫因為汗水而潮濕。他原本有第二次機會，還有第三次，可是一切只是不斷的走下坡！如果他在才藝表演會上不能好好變魔術，那他還會做什麼？

麥克稍微站直，表現出情勢仍然在他的掌握之中的樣子。他會讓大家瞧瞧！

下一個戲法應該是飄浮的筆，可是那個戲法也得靠那一條線才能完成，而麥克突然間害怕起來，他想：這個表演最好先跳過。

麥克拿起棒球帽，亞當看到這個動作就知道怎麼反應。亞當迅速準備好「掉硬幣」的道具：他把玻璃杯放在桌子上，帽子放在杯子裡，將硬幣藏在邊緣。

亞當把一切都做得盡善盡美。接下來發生的事情，麥克完全不能怪他。不知怎麼搞的，當麥克開始變戲法的時候，他把玻璃杯撞倒了，而觀眾全都哈哈大笑，彷彿他是某種喜劇演員。

麥克試著不去聽他們的笑聲，他也真的這麼做了。他拼了命也要完成這個戲法！

他再次放好道具，依然穩住自己，這時體育館後面傳來「好爛！」的叫吼聲——又是傑克森。

傑克森隨時備有一招，但那招不是魔術，而是純粹的惡意。

傑克森站在椅子上，往空中揮著一副紙牌。

「嘿，魔術人！」傑克森大喊，讓所有人都聽得見，「你既然有那麼特別的『力量』，那你一定可以跟我說這個答案。」他從那副牌裡抽出一張，塞進口袋。

「我挑了哪張牌啊？」傑克森嘲弄，「說啊？」

如果這是個測驗，麥克想，我現在知道自己的成績了。

那就是——一敗塗地。

第十章

表演時間

麥克既看不見隱形的東西，也無法偵測別人的想法，更不能預測未來。他又不是巫師，他生氣的想，他不能在世界上憑空變出神奇的東西，他只能讓事情看起來很神奇。

至於傑克森要求的事情呢？他絕對不可能辦得到。

麥克站在原地，在燈光下直冒汗。如果在平常的上課期間，或是彩排期間，老師會出面解救他。可是，現在誰可以管好傑克森呢？

即使有人過來把傑克森拉走，他的問題依然在空中迴盪。那張是什麼牌？麥克一無所知。

只是體育館裡的每雙眼睛都盯著他，大家都想知道答案。

哲林先生說過，要預期會發生出乎意料的事。嗯，這絕對出乎他的意料，可惜哲林先生沒教他接下來該怎麼辦。把它變成魔術？該怎麼弄？麥克必須在眾目睽睽之下想出辦法。

你該怎麼把某件事變成魔術？你拿出平凡的東西，就像戳破氣球，試著改變它，稍微調整狀態，讓某件看起來不可能發生或不應該發生的事情發生。

這裡有什麼事情不可能發生？——那肯定就是麥克說中紙牌，

可是他就是辦不到啊。

可是身為魔術師會怎麼做？魔術師會把整個情勢翻轉過來。

他要不要乾脆瞎猜一下？

嘿，麥克沒有多少選擇，所以他閉上雙眼，彷彿在思考。他把那頂胡迪尼的帽子往下拉，蓋住自己的臉。沒來由的，他知道答案了。他不曉得自己是怎麼知道的，他就是可以在心裡看到那張紙牌。

他走到舞臺邊緣，對著傑克森講話。「紅心十，」麥克說，「你口袋裡的那張牌是紅心十。」

傑克森樂不可支的抽出那張牌，彷彿整個星期就在等待這一刻。當傑克森往那張紙牌一看，沾沾自喜的笑容卻變了。「你在開玩笑吧。」他說，拿著紙牌朝大腿猛拍。

「是紅心十沒錯。」他身旁的女士幫忙確認。

傑克森把那張牌撕成碎片，失落的坐在椅子裡。

麥克之前耍過傑克森，可是這一次不同。

這一次不是戲法。

觀眾鼓掌吹口哨，所有才藝表演的成員們也都站起來歡呼！

傑克森很沮喪。麥克頓時熱力十足，他的表演還沒結束呢！

他憑著直覺知道接下來要做什麼。他把帽子從頭上摘下，往裡頭一瞧。他把帽子翻轉過來，猛搖一陣。「裡面什麼都沒有，對吧？」他問觀眾。大家搖搖腦袋，同意裡頭是空的。

麥克將帽子戴回頭上，走過舞臺。接著他的表情一變，大家都讀懂了他的表情：現在帽子裡有東西了——他就是感覺得到！

麥克再次摘掉帽子，抓出小小方塊彩紙，就像五彩碎紙。他將這些彩紙放在掌心，拿給觀眾看。滿酷的喔，他們的表情告訴他。

而這些只是開始而已。

麥克抓起彩紙，在空中搖了搖手。突然間，他的手裡變出大把的彩色紙帶！

大家的眼睛瞪得更大，就在這時麥克知道，自己「回到軌道上了」。他們的注意力集中在他身上，現在就是他發光發熱的時刻。他

用不同的方式實現了原本的目標。

他之前省略「飄浮的筆」魔術，可是他敢說他現在可以好好完成它。他走到亞當那裡拿塑膠瓶，接著從襯衫口袋拿出另一枝筆，向觀眾預告接下來會如何。「我要把這支筆丟進瓶子裡，」他語氣誇張的告訴觀眾，「然後我會用念力控制它。」

這是個很大的承諾，他知道。不過，經過剛剛的事情，任何事都有可能發生。

他把瓶子靠近胸膛拿著，將筆投入瓶口，然後緩緩將瓶子移離身邊，一直盯著那枝筆不放。筆當然如同預期，飄浮在半空，詭異的懸著，直到抵達瓶口。觀眾全都為之瘋狂！

情勢竟然轉變得這麼快，好誇張啊，麥克想。一開始，一切都出了差錯，下一刻，一切卻盡善盡美。到底是什麼造成了這樣的差別？

也許他從胡迪尼那裡繼承來的帽子上還殘存著一些魔法。

也許只是因為幸運猜對了一件事。

或者是因為他的努力有了成果。

他無法解釋自己是怎麼知道那張紙牌的，可是他可以解釋在那之前發生的事。他一直很賣力的保持平靜，表現得很有自信，而且一直敞開心胸。而且除此之外……他還變了另一種魔術。

突然間，他知道了屬於自己的魔咒是什麼了。原來那個魔咒一

直都在他眼前。

現在他們的節目只剩一個戲法了，那就是盛大的結尾表演。麥克拖著紙板到舞臺邊緣。然後他把手放在紙板邊緣，再次對觀眾說話。

「當音樂響起時，」麥克說，「我會把紙板拖到舞臺中央，然後，如果一切順利——我真的希望這一次的表演會很順利——你們就會覺得非常驚喜。」

觀眾在對的時間點笑了，而且在對的時間點露出興奮的表情。他之前表演得七零八落，麥克想，現在每個人卻都看得這麼專注。

音樂現在似乎沒那麼大聲了。當音樂揚起時，麥克縮身躲進板子後面，然後從側面探出腦袋，好讓觀眾看最後一眼。

這是一首節拍緩慢的歌曲，板子隨著節奏緩緩越過舞臺。音樂終於停下的時候，板子就在舞臺中央，畫在板子上面的彩色點點正在亮晃晃的燈光下發光。觀眾可以看到他的手穩住紙板，確定紙板可以豎得直直的。

不過，其實麥克正在後臺竭盡全力奔跑，速度搞不好破了學校的某些紀錄——更不要提他破壞了學校的規矩——沒人能替他計時，甚至沒人知道他在這裡！大家都以為他還在板子後面。

他快步繞過儲藏區，穿過舞臺末端的門，然後拔腿跑進走廊，穿越過空蕩蕩的學校，朝著體育館的後門狂奔。

音樂停歇，板子後面的雙手消失了。場地陷入片刻的寂靜，接著觀眾聽到出乎意料的聲音從背後的最後一排座位傳來。

是麥克，這一刻就是他想了整個星期的勝利時刻，感覺起來比他曾夢想過的都還甜美，因為他經過許多掙扎才走到這個時刻。

幾百顆腦袋往後一轉，他們看到麥克站在那裡，頭一次聽到他

喊出自己的魔咒！

這個魔咒跟魔術有點關係，它更是魔術教會他的事情。

在寒冷陰暗的夜裡，他的聲音就像學校體育館的一座發射的火箭：「相信！」

3. 你的助手繼續躲在板子後面，只有露出雙手，然後把紙板拖到舞臺中央。他必須從容不迫的架好紙板，確定它可以穩穩站立，不會倒下。

4. 觀眾會以為在板子後面再次看到你。可是你不在那裡！你得從側面或後臺的出口溜出去，然後從外面繞著劇場（如果可以的話，就穿過內部的走廊）快跑，再靜悄悄的從後門進入劇場，站在走道上。

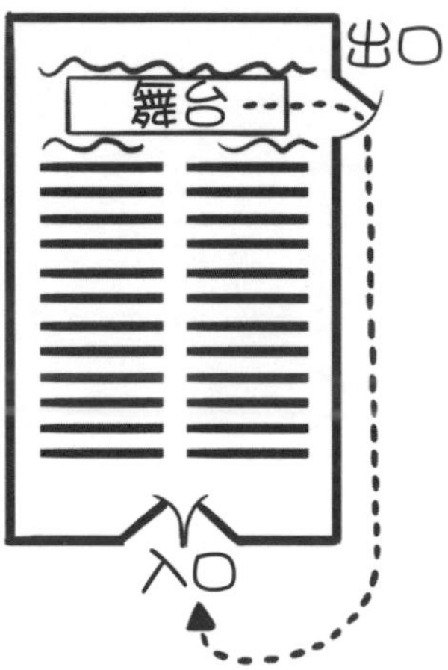

你抵達劇場後門時，只有你的助手會透過那個窺視孔看到。每位觀眾的視線都會在舞臺上。

5. 當你的助手看到你時，就會把雙手從紙板上移開。接著你要負責把觀眾的注意力完全吸引過來，給他們一個大驚喜──從房間後面大聲喊出你的魔咒！觀眾轉身的時候，助手可以趕快離開舞臺，鑽進背後或旁邊的簾幕後面。

消失的魔術師魔術

你有值得信賴的助手嗎？那麼你就可以表演「消失的魔術師」（記得要先經過一次又一次的練習喔！）你需要一大張厚紙板，要大到足以藏住兩個小孩。紙板也要堅固到可以站立在地板上，記得在上面割出一個小窺視孔。

1.

把紙板放在舞臺一側，讓觀眾可以看見紙板的一部分，一部分藏在後臺。你的幫手應該事先站在紙板後面，不能讓觀眾看見。

2.

一開始，走向紙板，然後繞到紙板後面。你的助手會把一手搭在紙板的頂端，另一手搭在紙板側面，讓觀眾可以看見。觀眾會以為那兩隻手是你的，因為他們不知道那裡有助手。

你從紙板後面探出腦袋，先讓觀眾看到你，再來壓低身體，讓他們看不見。接著溜進舞臺側邊。

魔術專賣店 4

消失的魔術師

作者｜凱特・依根 & 魔術師麥克・連
插圖｜艾瑞克・懷特
譯者｜謝靜雯

責任編輯｜楊琇珊
封面設計｜蕭雅慧
電腦排版｜中原造像股份有限公司
行銷企劃｜高嘉吟

發行人｜殷允芃
創辦人兼執行長｜何琦瑜
總經理｜王玉鳳
副總監｜張文婷
版權專員｜何晨瑋

出版者｜親子天下股份有限公司
地址｜台北市 104 建國北路一段 96 號 11 樓
電話｜（02）2509-2800　傳真｜（02）2509-2462
網址｜ www.parenting.com.tw
讀者服務專線｜（02）2662-0332 週一～週五：09:00~17:30
讀者服務傳真｜（02）2662-6048
客服信箱｜ bill@service.cw.com.tw
法律顧問｜瀛睿兩岸暨創新顧問公司
總經銷｜大和圖書有限公司　電話：（02）8990-2588

出版日期｜ 2018 年 8 月第一版第一次印行
定　價｜ 280 元
書　號｜ BKKCJ056P
I S B N ｜ 978-957-503-006-3（平裝）

訂購服務
親子天下 Shopping ｜ shopping.parenting.com.tw
海外・大量訂購｜ parenting@service.cw.com.tw
書香花園｜台北市建國北路二段 6 巷 11 號　電話（02）2506-1635
劃撥帳號｜ 50331356 親子天下股份有限公司

親子天下 Education・Parenting Family Lifestyle
www.parenting.com.tw

國家圖書館出版品預行編目 (CIP) 資料

消失的魔術師 / 凱特・依根 (Kate Egan)、麥克・連 (Mike Lane) 作 ; 艾瑞克・懷特 (Eric Wight) 插圖 ; 謝靜雯譯 . -- 第一版 . -- 臺北市 : 親子天下 , 2018.08
176 面 ;17x21 公分 . -- (樂讀456 ; 56)(魔術專賣店 ; 4)
注音版
譯自 : The disappearing magician
ISBN 978-957-503-006-3(平裝)

874.59　　107012193